UN SECRET BIEN CACHÉ

GISÈLE LOPEZ

UN SECRET BIEN CACHÉ

Roman

Merci aux éditions Books On Demand (BoD) qui me font confiance pour la deuxième fois.
Merci à Marie-Claude pour son aide si précieuse.
Merci à ma maman qui m'aide avec ses anecdotes, notamment celles sur sa vie d'enfant et d'adolescente à Lyon ; elles agrémentent mon roman.
Je remercie également Edwige et Yves pour leur aide à la correction.

Du même auteur :

La Linotte mélodieuse. Edition BOD – Books on Demand en août 2022

© 2023, Gisèle Lopez
Édition : BoD - Books on Demand, 31 avenue Saint-Rémy,
57600 Forbach, bod@bod.fr
Impression : Libri Plureos GmbH, Friedensallee 273,
22763 Hamburg (Allemagne)
ISBN :978-2-3225-2799-1
Dépôt légal : Décembre 2024

Il faut laisser le passé dans l'oubli

Et l'avenir à la providence

J.B. BOSSUET

PREMIÈRE PARTIE

*

Faustine s'active, sa chèvre va mettre bas dans les minutes qui viennent. Son ventre est lourd et la pauvre bête peine à se déplacer. Faustine fait tout ce qu'elle peut pour la soulager : elle la masse, lui parle doucement tout près de son oreille,

— Allez ma douce, je sais, c'est difficile mais je suis là. Ne t'inquiète pas, je reste près de toi.

Tout en lui chuchotant ces quelques mots elle lui gratte la tête. Tous ces gestes qu'elle a vu faire enfant et qui lui reviennent instinctivement aujourd'hui. Les deux autres chèvres attendent sans bêler tant l'atmosphère est pesante. Toute activité semble suspendue dans l'attente de l'évènement.

Jusqu'à présent Faustine assistait sa mère, agricultrice à Neulise, une commune de la province du Forez. Depuis son plus jeune âge elle s'attelle à l'élevage du troupeau de chèvres. Elle sait s'y prendre même avec les plus têtues. Mais c'est sa première mise-bas, ici, chez elle. Faustine espère qu'elle pourra se passer du vétérinaire car elle n'a pas les moyens de le payer.

Elle compte beaucoup sur cette naissance, si c'est une chevrette elle augmentera son cheptel et, si c'est un chevreau, elle aura de la viande pour plusieurs jours. Quel que soit le résultat ce sera un plus pour elle.

Depuis son mariage récent avec Pierre, le fils d'un facteur du coin, elle habite dans une fermette sur le village de Pinay dans la Loire ; elle l'a héritée de ses grands-parents. Ce fut décidé dès sa naissance.

— La ferme sera pour la petite, avait dit son grand-père.

Sa décision fut actée, personne n'aurait pensé à contredire le patriarche. Quelle chance pour Faustine. C'est une jolie fermette à laquelle on accède par un chemin en terre. A l'entrée, de chaque côté, trônent deux magnifiques tilleuls. L'été à l'ombre de ses branches sa Mémé s'octroyait un peu de repos bien mérité ; elle se posait sur un banc en bois fabriqué par son Pépé. De là elle avait une vue imprenable sur les monts du Forez.

Faustine connaît tous les recoins de la demeure par cœur. Elle les a explorés quand elle jouait à cache-cache avec ses cousins. Elle possède une jolie surface : Cinq hectares de belles prairies à l'herbe bien verte. Elle a décidé d'y élever des chèvres ; Pierre, son mari devait s'occuper des volailles, du potager, du verger et de la réparation de l'habitat un peu délabré.

Mais, nous sommes en juillet 1942 et Pierre est parti pour la guerre qui fait rage depuis presque trois ans. Il a été enrôlé peu de temps après leurs noces, célébrées en ce mois de juin. Il a rejoint ses amis qui sont partis les uns après les autres.

— Je pars, mais, je reviendrai vite, tu verras. Je pense que la fin de cette guerre est proche, lui avait-il glissé dans le creux de son oreille.

Il l'avait serrée dans ses bras. Puis il est parti sans

se retourner, la gorge nouée. Elle l'a suivi du regard jusqu'au premier virage puis il a disparu lentement de son champ de vision. Seul, le cri aigu des rapaces qui s'envolaient à son passage lui indiquait encore sa position. Il s'en est allé plein de doutes et la peur au ventre ; déjà deux de ses amis sont morts et il a entendu des récits de scènes de guerre épouvantables. Pierre est courageux mais pas téméraire et il sera en terrain inconnu. A sa peur, s'ajoute son inquiétude de laisser sa jeune femme ici, isolée dans la campagne. Heureusement, les parents de Faustine ne sont pas loin et ils passeront régulièrement la voir.

Faustine se retrouve seule pour faire face à tous les problèmes qui surviennent et ils n'en manquent pas. Pas un jour sans son lot de galères à gérer. La ferme est ravissante mais elle est vétuste ; elle est restée inhabitée plusieurs années après le décès de ses grands-parents. Des murs en pierres commencent à s'écrouler faute d'avoir été entretenu. Ils sont réparables, mais il faut faire vite. Son père va pouvoir gérer ce chantier cependant, de nombreux travaux restent à prévoir : le toit fuit dans la chambre car des tuiles sont à remplacer ; le bois n'est pas coupé et l'hiver approche, les barrières des prés ont besoin d'être réparées pour sécuriser les pâturages, et encore bien d'autres besognes toutes plus urgentes les unes que les autres. Elle devra faire des choix pour les gérer.

Par contre, les animaux sont jeunes et vigoureux. Quand leurs proches avaient appris leur mariage ils s'étaient concertés et chacun leur avaient gardé des bêtes sur les portées de l'année. Ce n'est pas le cadeau espéré pour un mariage mais en cette période perturbée c'était primordial. Ils les ont reçus le jour de leur noce : trois chèvres par ses parents, un bouc par ses beaux-parents, les poules et canes par les oncles et tantes. Ce fut une vraie cacophonie dans la cour le jour de la réception du mariage. Dans un parc improvisé les volailles couraient, affolées, se demandant à quelle sauce elles allaient être mangées. Seul, le troupeau était déjà installé à la ferme dans l'écurie que tous avaient pris soin de nettoyer ; ce ne fut pas une mince affaire, Les araignées avaient pris possession des lieux. Il fallut utiliser la fourche pour déloger les toiles tellement elles étaient épaisses. Ils firent un énorme feu pour brûler tous les détritus.

Faustine et Pierre ne purent compter sur le comice de Feurs pour compléter leur troupeau, celui-ci étant suspendu depuis le début de la guerre. Ils démarraient avec peu mais ils pouvaient espérer l'agrandir rapidement avec les naissances.

Malgré les restrictions ils eurent une belle noce. Tous étaient joyeux, pour un jour la guerre fut mise entre parenthèses. La cérémonie se fit dans la belle Eglise de Neulise. Faustine arriva avec son père en calèche tirée par le vieux cheval de trait. Elle était décorée pour l'occasion et le poil du percheron brillait tellement il avait été brossé. Son Papa tenait les rennes très ému. Ils arrivèrent devant la magnifique bâtisse construite entre 1862 et 1865 par l'architecte Pierre Bossan, dans un style néo-byzantin. Elle remplaçait un édifice beaucoup plus ancien qui date du XI siècle. Elle fut décorée pour l'occasion par des bouquets de fleurs roses et bleus, les couleurs que Faustine affectionne.

Faustine descendit et chercha des yeux son amoureux. Elle lui sourit et ils s'avancèrent dans l'Eglise. Ce jour-là le reflet du soleil dans les splendides vitraux apporta une aura toute particulière sur les jeunes mariés.

Plusieurs mois avant la noce, la maman de Faustine avait ressorti sa robe de mariée et l'avait ajustée aux dimensions de sa fille. Elle l'avait modifiée en mettant une touche personnelle pour Faustine : De la jolie dentelle de Calais qu'elle avait au fond d'un tiroir de son armoire. Elle avait réalisé un bel ouvrage ; la robe était somptueuse, romantique sans trop de fioritures. Elle seyait tellement à sa petite fille. Quand Faustine a passé l'ouvrage pour le dernier essayage, elle avait essuyé ses yeux en lui disant :

— Tu es si belle ma Faustine. Cette année tu auras vingt-et-un ans et je n'ai pas vu le temps passé.

— Merci Maman, tu m'as gâtée, cette robe est tellement jolie.

Effectivement elle était tout simplement magnifique ce jour-là quand elle avança au bras de son père jusqu'à l'autel.

Pierre vêtu de son costume noir, d'une chemise blanche et d'une belle cravate, l'enveloppait de son regard langoureux. Après la cérémonie ils traversèrent le village jusqu'au domicile des parents de Faustine sous les acclamations du voisinage qui criait à leur passage : Vive les mariés ! vive les mariés !

Ils arrosèrent copieusement la noce et firent la fête ; la Tante Géraldine avait préparé un pâté de lapin, tante Germaine son sauté de porc aux pommes de terre et sa maman un semblant de pièce montée avec les ingrédients qu'elle avait pu récupérer. Ses beaux-parents avaient géré les boissons ; ils ont quelques vignes dans le forez et une petite partie des vignes avaient pu être vendangée. Leur vin est bon, d'après les connaisseurs il est légèrement fruité. Les frères de la belle-mère de Faustine avaient mis de l'argent dans la cagnotte des jeunes mariés. Le soir, après les festivités, ils rejoignirent leur ferme et, devant la porte Pierre l'avait soulevée délicatement dans ses bras, il l'avait portée à l'intérieur de la maison. Ils se sentaient enveloppés d'un petit nuage cotonneux et protecteur. La nuit fût douce et le matin ensoleillé. Leur avenir semblait prometteur sans cette fichue guerre.

Maintenant tous espèrent une fin rapide et heureuse de ce conflit mais en attendant les femmes doivent s'occuper des enfants et gérer les exploitations. Elles s'organisent du mieux qu'elles peuvent ; elles sont solidaires et veillent les unes sur les autres.

*

Faustine n'a pas d'enfant, jeune mariée de vingt-et-un ans, son mariage est à peine consommé, Pierre est parti une semaine après leur mariage. Déjà seule et triste — son lit n'est pas resté chaud bien longtemps, son mari lui manque le soir dans cette chambre quand les dernières lueurs du jour s'estompent et laissent le noir envahir l'espace. Elle respire longuement l'oreiller de Pierre qui garde encore son odeur. Elle met la jolie taie brodée de fleurs tout contre sa joue et s'endort en pensant à son amoureux. Elle revoit leur dernière nuit ensemble, enlacés et heureux. Ils étaient si complémentaires, si fusionnels. Chaque soir est douloureux, ses pensées la ramènent à ces longues balades qu'ils faisaient main dans la main, dans la campagne avoisinante ou à son mariage tellement poétique. Son papa lui avait confectionné une couronne de fleurs fraîches, cueillies le matin, et sa maman la lui avait mise délicatement dans ses cheveux ondulés avant qu'elle monte dans la calèche. Tant de souvenirs qu'elle se remémore maintenant avec beaucoup de nostalgie.

Mais la journée elle n'a pas le temps d'y penser : la responsabilité d'une exploitation n'est pas une mince affaire. Avec le lait de ses chèvres, Faustine fera des fromages qu'elle vendra au marché. Sa mère lui a appris à les faire et elle n'a pas son pareil. Personne aux alentours ne les fait aussi bons que les siens. Elle a aussi le sens des affaires: pour élargir sa clientèle qui trouve parfois le fromage pur chèvre un peu fort en goût, elle achètera du lait de vache à sa voisine la plus proche, Jeanne. Selon les saisons elle pourra également rajouter sur son étal des fruits et des légumes. Sa terre est bonne et elle ne manque pas d'eau. Sa mamie Jessica se vantait d'avoir son puits plein, même dans les années de pire sécheresse.

C'est enfin la délivrance, la chèvre met au monde une magnifique chevrette toute blanche que l'animal ne cesse de lécher. Faustine est heureuse, tout s'est bien passé et elle aura bientôt des fromages à vendre. Elle la laisse se reposer et part chez Jeanne lui annoncer la bonne nouvelle.

Depuis le départ de Pierre, Faustine et Jeanne se soutiennent. Pas un jour sans qu'elles ne se voient pour s'encourager, pour parler du retour futur de leurs époux ou d'un courrier qu'elles ont reçu qui leur vient du front.

*

Albert, le mari de Jeanne est parti depuis un an déjà. C'est très long pour des jeunes époux ; Faustine sent parfois la tristesse envahir Jeanne. Elle s'oblige à lui raconter les potins du village pour la faire sourire, mais elle la voit plonger doucement vers la dépression. Jeanne n'est pas une fille de paysans, elle vient de Saint-

Etienne. Ses parents ont un magasin de quincaillerie. C'est en épousant Albert qu'elle a fait ses premiers pas en tant qu'agricultrice. Heureusement elle aime cette vie à la campagne mais son Albert lui manque trop. C'est lui qui gérait les problèmes jusqu'à son départ. Elle est souvent dépassée par les évènements. Ses parents lui rendent visite le dimanche mais ils ne s'y entendent pas beaucoup au travail de l'agriculture. Son père peut l'aider à réparer une clôture tout au plus.

Pour elle, les temps sont plus difficiles. Son exploitation est grande et sa charge de travail plus importante. En plus de l'élevage des vaches laitières, elle continue également de faire des céréales, du foin et, bien sûr, le potager, le verger et la basse-cour. Pour les récoltes elle est aidée par des journaliers mais ils ne sont pas toujours fiables.

Elle a déjà une petite fille de deux ans, Marie, qu'elle doit élever seule pour le moment. Et celle-ci lui donne du fil à retordre, elle est vive et agile. Elle doit constamment la surveiller pour éviter les accidents. Le mois dernier elle a dû l'amener d'urgence chez le médecin : Marie après avoir fini son petit déjeuner était sortie pour jouer. Jeanne s'accorde alors une pause café avant de repartir à la tâche mais soudain elle entend un cri strident puis des plaintes et pleurs de la petite. Elle se précipite dehors et voit Marie par terre, au bas du tas du foin, qui se tord de douleur. Elle comprend vite que l'enfant est montée dessus et qu'elle est tombée. Son genou est écorché et sa cheville lui fait mal. Elle l'aide à se relever mais elle ne tient pas sur sa jambe. Impossible de se passer du médecin ! Elle la porte délicatement dans la petite remorque attelée à son vélo et part précipitamment chez celui de Neulise. Il conclut à une belle entorse et lui fait un joli bandage. *Au moins elle se tiendra un peu tranquille quelque temps*, pense-t-elle ! En passant dans les rues de Neulise elle salue les commerçants et des jeunes femmes du village avec qui elle allait au bal avec Albert il n'y a pas si longtemps !

Elle prend à peine le temps de discuter, tant de travaux l'attendent à la maison.

Heureusement elle a eu une petite compensation: Albert, son mari, est revenu en permission le week-end dernier, la première depuis un an. Avec Marie elles ont fait une croix sur les jours du calendrier, plus que quatre dodos, plus que trois, plus que deux, mon Dieu que c'est long. Enfin le samedi tant attendu arrive. Jeanne s'est mise sur son trente-et-un, elle a relevé ses cheveux avec un joli ruban en velours noir et mis du rouge à lèvres. Elle porte une robe blanche à pois noirs et Marie dans sa petite robe fleurie rouge et blanche est belle comme un cœur. Elles attendent sur le quai de la gare de Saint-Jodard depuis une bonne demi-heure. Jeanne n'en peut plus puis au micro une voix de femme dit : « Attention le train va entrer en gare ». Une foule envahit le quai. Jeanne scrute et cherche du regard aussi loin qu'elle peut la silhouette de son Homme.

Enfin, le voilà ! Jeanne l'aperçoit au milieu des passagers et voudrait courir dans ses bras mais la petite la freine dans son élan. Albert les voit enfin, il les rejoint en un rien de temps et les enveloppe toutes les deux, ils ne forment plus qu'un bloc solide que rien ne peut séparer. Malgré le brouhaha tout autour d'eux, ils n'entendent plus rien que leur cœurs qui battent à nouveau à l'unisson.

— Ma Chérie, tu m'as tellement manquée.

Jeanne se sentit immédiatement rassurée, la chaleur de sa voix, son souffle tout près de son oreille et dans ses cheveux, rien ne pouvait plus leur arriver. En une seconde elle a retrouvé les bras protecteurs de son amoureux. Il embrasse sa petite Marie, elle avait un an quand il est parti. Elle ne le reconnaît pas mais elle l'aime déjà.

A la maison la joie de leurs retrouvailles fait plaisir à Marie, elle se blottit dans les bras de son père pendant que ses parents dansent sur une musique imaginaire. Ils passent la journée à se raconter leur vie passée depuis un an : Albert commente quelques anecdotes vécues avec les compagnons de son bataillon et Jeanne lui relate les nouveautés du village ; puis comment elle a trouvé un soutien auprès de Faustine, la nouvelle voisine. Chacun évite les moments les plus difficiles pour préserver l'autre. Marie raconte sa mésaventure à son papa en lui montrant sa cheville. Tout en la câlinant, il lui fait promettre d'être plus prudente et d'obéir à sa maman. Elle fait oui de la tête mais tous les deux savent que sa promesse sera de courte durée. Son espièglerie l'emportera vite dans de nouvelles aventures.

Le soir, enfin seuls, ils assouvissent tout cet amour refoulé avec la fougue de leur jeunesse. Ils restent longtemps collés l'un contre l'autre, avec de temps en temps un nouvel élan de besoin incontrôlé. Ils se sont endormis repus, enlacés et heureux.

Albert se réveille tôt le lendemain, il ne peut plus dormir ; depuis quelque temps il fait d'horribles cauchemars, des scènes de guerre le hantent. Il regarde Jeanne encore endormie, il aurait voulu la caresser mais il a peur de la réveiller. Elle est si jolie quand elle dort. Il se lève et fait le tour de l'exploitation. Il constate que l'état de la ferme se dégrade.

Jeanne est délicate et il la trouve bien fatiguée. Il savait qu'elle ne ferait pas le poids face à cette charge de travail. Après avoir ingurgité une boisson ressemblant à du café il va voir Constant, son voisin ; son fils est trop jeune pour combattre. Constant est un brave homme. Handicapé depuis une dizaine d'années à cause d'un accident, il ne peut pas faire de gros travaux. Heureusement il a René, son fils, qui a pris en charge le travail de la ferme. Constant écoute Pierre et il comprend que sa femme a besoin de l'aide de son fils. Il savait que Jeanne employait des journaliers, il pensait qu'avec eux elle s'en sortait. Avec tout ce que Pierre vient de lui raconter, il admet que la situation de sa voisine est compliquée. Il promet à Albert que René passera l'aider un moment le matin et l'après-midi. Il partagera son temps avec leur exploitation.

— C'est que René a déjà beaucoup à faire sur la ferme !
— C'est déjà énorme, il est jeune et fort, il sera une aide précieuse pour Jeanne. Je vais repartir plus serein. Il l'aidera pour l'arrachage des pommes de terre et pour nourrir les bêtes. Elle aura cette charge en moins ;

Albert repartit le lundi rassuré mais avec un petit serrement au cœur. Plus le temps passe et plus la séparation lui pèse. Le dernier combat a été très difficile tant sur le plan physique que psychologique, il a perdu beaucoup de ses amis ; Il sent que son caractère s'en ressent. Devant Jeanne il a fait bonne figure mais la nuit des images ressurgissent de son inconscient, elles s'imposent sans qu'il ne puisse les chasser et elles perturbent son sommeil. *Vivement que tout cela soit terminé !* pense-t-il.

Quand Faustine apprit que Jeanne serait aidée par René elle fut rassurée car l'amaigrissement de son amie devenait inquiétant. Elle aussi se faisait beaucoup de souci pour elle.

*

Faustine arrive joyeuse et tout en aidant Jeanne à ramasser les œufs, elle lui apprend le bon déroulement de la mise-bas et la naissance de sa petite chevrette. Marie a entendu et s'invite dans la conversation.

— Je veux voir le bébé maman.

— Oui, nous irons c'est promis.

Satisfaite Marie retourne à son jeu favori : courir après les poules. Plus elles caquettent en essayant de s'envoler pour lui échapper plus elle rit en attrapant les plumes qu'elles perdent au passage.

Jeanne et Faustine se posent un instant sur un tronc d'arbre et contemplent cette vue exceptionnelle sur les monts du forez. Aujourd'hui quelques nuages assombrissent Pinay mais le soleil brille sur les montagnes de Chalmazel apportant une profondeur à ce paysage magnifique. Assises là, devant ce panorama exceptionnel, elles écoutent Marie s'esclaffer et pourraient oublier qu'elles sont en guerre. Mais un avion qui survole au loin les ramène à la réalité. Malgré les difficultés récurrentes elles s'estiment heureuses de vivre à la campagne. Elles mangent à leur faim et se sentent loin des bombardements.

Leur repos va être interrompu, elles ont de la visite. Au loin, elles aperçoivent Sylvain, un jeune homme d'un village voisin. Sa démarche est irrégulière, il boîte à cause de sa jambe folle. Il est né avec une malformation. Elles connaissent un peu son histoire. Elles savent que des enfants ne lui ont pas fait de cadeaux. Ils s'en sont donné à cœur joie. Il a subi leur harcèlement : moqueries et parfois coups de pieds gratuits de certains élèves de son âge. Puis à l'adolescence, à la période des flirts, il ne fut pas gâté non plus. Dans les bals il sentait les regards dégoûtés et son désir refoulé à chaque tentative de rapprochement avec une fille qui lui plaisait. Elles y ont assisté malgré elles et avaient de la peine pour lui.

Mais aujourd'hui c'est un adulte et son comportement a changé. Son amertume l'a définitivement transformé. Il a décidé de se venger du mal qu'on lui a fait et il se complaît à répandre le malheur autour de lui ; il est devenu un homme dur et malveillant. Il s'est rangé du mauvais côté, Sylvain collabore avec l'ennemi. Il a trouvé auprès d'eux une complicité qui lui donne de l'importance. Il se sent utile et reconnu. Il multiplie les dénonciations et fait arrêter plusieurs personnes qui cachaient des maquisards. On ne les a jamais revus, on ne sait pas où ils ont été amenés. Depuis tout le monde le fuit même ceux qui avaient de l'empathie pour lui.

Sylvain les a vues, impossible de l'éviter. Il se dirige tout droit vers elles,. Il les salue, son regard insistant et vicieux les met toujours mal à l'aise. Il demande un peu d'eau sur un ton autoritaire ; il pense que tout lui est dû depuis qu'il est soutenu par les allemands.

— Cette marche m'a assoiffée. Il y a longtemps que je n'étais pas monté jusqu'ici. Rien n'a changé. Vous vous en sortez bien toutes les deux ?

Elles ne répondent pas. Tout en les suivant jusqu'au puits, il visualise chaque recoin de la ferme. Il ne peut s'empêcher de vérifier s'il ne voit rien de suspect. Il vient faire son inspection, elles ne sont pas dupes, la soif est une belle excuse ! Il finit par s'en aller sans attendre leur réponse et sans un remerciement. Ouf ! Enfin. Les deux femmes s'en méfient comme de la peste.

— Quel personnage immonde ! s'exclame Jeanne,

moins je le vois et mieux je me porte. Oublions-le et allons dans l'écurie, j'ai quelque chose à te montrer.

Elle ouvre la porte et elles s'avancent derrière une botte de foin.

— Oh, comme c'est touchant !

Une ribambelle de chiots noir et feu sont couchés près du ventre de la beauceronne.

— Mais combien en a-t-elle ? demande Faustine,

— Treize, du coup il lui manque une mamelle. C'est une brave mère, elle les nourrit bien mais je sens que cela l'épuise. Ils ont à peine une semaine. Je ne pensais pas qu'ils vivraient tous. Elle se penche vers un petit et le tend à Faustine.

— Tiens, avec ton lait de chèvre tu pourras le nourrir et tu ne seras plus seule.

Faustine se saisit délicatement du chiot.

— C'est une femelle, tu préfères un mâle ?

— Non, regarde elle m'a déjà adoptée. Le chiot lui a

attrapé le petit doigt et il tête de toutes ses forces sans résultat.

— Je retourne à la ferme, il a faim et j'ai du lait tout chaud qui l'attend.

Faustine enveloppe le bébé dans sa veste chaude et douillette et, le met tout contre sa poitrine. Elle embrasse la petite Marie qui arrive vers elle en boitillant encore un peu pour se faire plaindre et, qui retourne vite vaquer à ses espiègleries.

Faustine dépose délicatement le chiot sur la paille et lui prépare un biberon. Il se jette sur la tétine, elle lui caresse longuement la tête avec beaucoup de tendresse pendant qu'il boit puis elle le laisse se reposer. *C'est une sacrée gloutonne cette petite chienne ! Heureusement qu'elle ait aimé le lait de chèvre tout de suite* pense-t-elle Elle lui fait un coussin avec le foin. *Elle dormira à l'écurie, près des animaux, elle aura bien chaud.*

Aujourd'hui elle a décidé de réparer une clôture, cela lui permettra d'agrandir l'espace pour ses chèvres sinon elles seront vite à l'étroit, les autres sont pleines aussi. Elle s'affaire du mieux qu'elle peut, Pierre dans ses lettres lui prodigue quelques conseils utiles. Son père passe aussi quelquefois, il lui explique comment s'y prendre avec les outils qu'elle n'a jamais manipulés. Elle part avec entrain, malgré la situation elle est pleine de confiance dans la vie. L'insouciance de sa jeunesse l'aide à surmonter les difficultés.

*

Faustine a nommé la chienne Jessy, un diminutif du prénom de sa mamie qui lui a fait ce bel héritage. Elle profite bien, aujourd'hui elle a ouvert les yeux. Pour le moment elle ne court pas partout et son lit de foin lui suffit.

Faustine a bien avancé son ouvrage, à la fin de la semaine les barrières seront presque terminées et bientôt elle pourra donner plus d'espace à pâturer à ses bêtes.

Elle imagine déjà un grand troupeau de belles chèvres blanches broutant l'herbe verte et grasse de Pinay.

Hier, Jeanne est passée la voir avec la petite Marie qui s'en donne à nouveau à cœur joie. Elle s'est très vite remise de sa petite entorse. Jeanne remarque que Faustine fait de son mieux pour réparer sa maison.

— Pour les gros travaux n'hésite pas à demander l'aide de René, je peux m'en passer une heure ou deux, il avance plus vite que moi et l'état de la ferme s'en ressent déjà. Je suis sûr qu'il ne dira pas non. Il faut bien s'entraider.

— C'est gentil, peut-être je lui demanderais pour le toit, je ne me sens pas de monter dessus. J'attends des tuiles, mes parents en ont quelques-unes en stock. Ils ont démonté un vieil hangar et ils ont gardé les tuiles encore bonnes. Mon père devrait me les apporter dans la semaine. Lui non plus ne montera pas sur le toit, son dos le fait tellement souffrir. L'hiver sera là dans deux mois et ce chantier devient très urgent. Heureusement l'automne pour le moment n'est pas pluvieux.

Puis elle prépare un semblant de café et elle montre une lettre de Pierre à Jeanne, elle l'a reçue ce matin ; c'est difficile pour lui en ce moment :

— Pierre n'est plus avec ses camarades, il a été envoyé sur le Front en renfort. Il y a beaucoup de pertes d'hommes et ils n'ont aucun répit. Les tirs et les bombardements sont continus, il est épuisé.

— Les lettres d'Albert ne sont pas rassurantes non plus, lui répond Jeanne.

— Pierre espère avoir une permission rapidement.

Dans son courrier Faustine lit son mal-être, elle le connaît tellement bien. *Pourvu que la guerre me le rende !* Elle prie souvent Dieu et le dimanche à la messe les deux femmes mettent une bougie pour leurs maris. Pendant un court instant elles sont silencieuses mais des petits cris leur parviennent, les sortant de leurs pensées nostalgiques.

Jessy se fait entendre, c'est l'heure du biberon.

— Elle grandit aussi vite que ses frères et sœurs, le changement de lait ne l'a pas perturbée.

— Oui, elle est bien éveillée, elle me suit partout du regard.

— Bientôt ce ne sera pas seulement du regard, tu l'auras partout avec toi, comme ton ombre. Ce sont des chiens très proches des humains, de braves gardiens.

— Je l'amènerai voir les autres chiots dans la semaine, c'est peut-être bon qu'elle joue un peu avec eux.

— Oui pourquoi pas ! Elle tétera aussi un peu sa mère. Dans une semaine je vais leur donner un peu de pâtée pour la soulager et commencer à les sevrer.

— Je le ferai aussi avec Jessy alors, tu fais bien de me le dire. Je n'ai jamais eu de chiots à m'occuper.

*

Un mois a passé, les températures ont baissées. Le toit de Faustine a été réparé juste avant les premières neiges de novembre. Elle est soulagée. Ce matin après la traite elle ira voir Jeanne, elle l'a trouvé fatiguée ces jours-ci, elle lui prépare une tisane avec une grosse cuillère de miel, une recette de sa grand-mère. Dehors, les prés sont recouverts d'une belle poudreuse. Sur le chemin, légèrement verglacé, Faustine avance prudemment, accompagnée par le croassement des corbeaux qui volent au loin dans le ciel chargé de nuages gris. Le plafond est bas, la neige tombera encore aujourd'hui.

Quand elle arrive Jeanne est en pleurs. Elle se précipite vers elle et l'enveloppe dans ses bras. Jeanne est devenue son amie avec le temps et elle ne supporte pas de la voir dans la peine. Elle pense immédiatement à une mauvaise nouvelle du front.

— Que se passe-t-il ? Lui demande-t-elle tout en l'enlaçant.

— Je suis enceinte, c'est sûr. J'ai beaucoup de retard et des nausées. C'est une véritable catastrophe, comment vais-je faire ?

— Ouf ! Excuse-moi mais j'ai pensé au pire, elle la serre dans ses bras.

— Ne te préoccupe pas trop pour le bébé qui arrive, cette guerre finira bien par passer et vous serez tellement heureux tous les quatre. Tiens, je t'ai préparé une bonne tisane, une recette de ma mémé Jessica. Elle connaissait la vertu des plantes. Parfois je partais avec elle les cueillir et ensuite nous les faisions sécher dans le grenier. Cette boisson va te remonter le moral.

— Merci, que ferais-je sans toi ?

Elle boit son infusion lentement, elle la trouve bonne. Faustine reste un bon moment avec elle, puis quand elle la sent plus sereine elle repart, la journée n'est pas finie, « elle a du pain sur la planche ».

Jeanne est un peu rassurée par les paroles de Faustine ; dans sa prochaine lettre elle décide de prévenir Albert. Elle reçoit en retour un courrier enthousiasmé, il accueille cette nouvelle avec joie. Cette grossesse lui donne une raison supplémentaire de tenir le coup. Il prend régulièrement des nouvelles du bébé mais Jeanne embellit la vérité dans ses courriers. Sa grossesse est difficile.

Le premier trimestre tout ce qu'elle mange finit dans les toilettes. Faustine lui apporte des tisanes chargées en miel, son estomac digère mieux le liquide. Puis les derniers mois elle a dû restée en partie alitée. Faustine doit l'aider du mieux qu'elle peut. Elle prend régulièrement Marie avec elle ; impossible de la laisser seule sans surveillance ici, il y a trop de danger pour une enfant de deux ans. Jeanne doit se reposer et Marie veut gambader partout, il faut l'occuper. Faustine a plusieurs idées pour satisfaire sa curiosité. Elle sait y faire avec les enfants. Elle est ferme mais douce et

Marie l'écoute volontiers. Les derniers mois parurent interminables à Jeanne. Elle n'a plus de force.

Enfin, huit mois plus tard, par une belle matinée de mois de juin, Jeanne met au monde un magnifique petit garçon qu'elle appelle Julien. Elle a réussi à mener sa grossesse à terme et c'est un miracle vu sa silhouette amaigrie.

Il fait déjà très chaud pour un mois de juin. Les deux derniers mois Jeanne se traînait littéralement et cette chaleur a fini de l'exténuer.

Elle reçoit la visite des femmes du village qui passent pour la féliciter et lui apportent un présent pour le bébé. Elles n'auraient pas manqué cela, les bonnes nouvelles sont si rares.

Jeanne est heureuse de bercer ce petit corps entre ses bras ! Elle voudrait profiter du beau temps pour lui offrir de belles promenades mais elle est très affaiblie et, avec le bébé qui la réveille toutes les nuits pour téter, elle dépérit à vue d'œil. Petit à petit elle perd l'appétit, et deux semaines après l'accouchement elle tombe malade. La fièvre l'oblige à rester coucher de longues heures. Le médecin vient plusieurs fois la voir tant son état est préoccupant. Faustine monte chaque jour pour l'aider et elle continue de s'occuper de Marie et du bébé. Au bout d'une semaine de traitement et de repos elle commence enfin à récupérer des forces et à manger.

Malheureusement, la fièvre a tari son lait. Depuis trois jours Jeanne a tenté de le remplacer par du lait de vache, mais le bébé le recrache, son estomac ne le digère pas. Les deux femmes sont très inquiètes maintenant pour le bébé. Décidemment ce n'est pas de chance. Julien maigrit au lieu de prendre du poids; quand le médecin arrive il est complètement déshydraté. Le médecin, affolé lui aussi, préconise alors, en dernier ressort du lait de chèvre, il est plus digeste et son petit estomac le supportera sûrement beaucoup mieux.

— C'est la dernière chance, dit-il. J'espère qu'il va l'accepter.

Jeanne ne sait pas si elle doit mettre Albert au courant de l'état de santé de Julien, la naissance de son petit garçon lui avait tellement remonté le moral ! Avec ses camarades de combat ils avaient fêté l'évènement et dans sa dernière lettre il parle de son fils, il souhaite connaître tous les détails. Jeanne sent que cette naissance le porte et lui donne du courage pour continuer le combat. Elle préfère attendre, sa mère lui a toujours dit tant qu'il y a de la vie il y a de l'espoir.

Tentant le tout pour le tout, Faustine apporte une cruche de lait bien frais et encore chaud. Jeanne donne immédiatement un biberon à Julien qu'il boit difficilement, il n'a plus beaucoup de force. Elle doit le stimuler en lui tapotant les fesses pour le réveiller. Avec beaucoup de patience Jeanne finit par lui faire ingurgiter la moitié du biberon. Puis après la tétée elle met sa tête délicatement tout contre son épaule et le tapote doucement dans le dos.

Elles attendent sans grands espoirs. Elles se sont presque résolues à le laisser partir. Depuis une semaine Jeanne pleure tous les soirs toute seule, avec son bébé dans les bras; elle le berce et lui chante des comptines. Elle culpabilise tellement de ne pas pouvoir nourrir son fils. *S'il lui arrive quelque chose ?* Elle n'ose pas y penser. *Il est si petit, mon Dieu Seigneur laissez le moi !* Elle a vainement cherché une nourrice mais il y en a peu et elles préfèrent aller sur Lyon pour proposer leur lait, elles sont mieux payées.

Au bout d'une minute qui leur paraît interminable, à leur grand étonnement, il fait un énorme « rôt » Jeanne et Faustine se regardent et éclatent de rire, un rire nerveux et libératoire. Le médecin avait raison, le bébé digère mieux ce lait. Mais il n'est pas sauvé pour autant. Son état est léthargique et son regard éteint, sans expression. Alors chaque jour Faustine apporte du lait d'une de ses chèvres, et Jeanne recommence toutes les trois heures à le nourrir jour et nuit, avec toute la patience d'une mère.

Enfin, au bout de quelques jours Julien reprend de la vigueur, il agite ses jambes et ses bras, et Jeanne le voit sourire pour la première fois, ce petit rictus que toutes les mamans attendent et qui les font tellement craquer. Ce jour-là ce fut un torrent de larmes de joie qu'elle laissa couler le long de ses joues sans chercher à les essuyer. Marie le vit et se mit contre sa maman.

— Tout va bien maintenant, ne t'inquiète pas. Maman pleure de bonheur car Julien va mieux.

Après des semaines d'attention Julien est enfin sorti d'affaires.

— Comment te remercier, tu as fait tellement pour nous.

Jeanne voue une reconnaissance infinie à Faustine, en plus de toutes ses attentions, le lait de ses chèvres a sauvé Julien. Maintenant elle et le bébé ont repris des forces ; heureusement car la charge de travail de Jeanne ne s'est pas allégée depuis la naissance. Heureusement que René est là, mais pour combien de temps ? Il risque lui aussi d'être bientôt enrôlé.

*

L'hiver est arrivé sans que personne n'y prête attention, il est plus difficile à Faustine de se rendre chez Jeanne tous les jours. Des congères rendent le chemin peu praticable. Mais, à Noël, elles ont pu aller à la messe ensemble. La cérémonie est plus que jamais émouvante. Le curé regarde impuissant toutes ces femmes assises dans l'enceinte de son Eglise sans leurs maris, leurs fils. Il les connaît toutes. Il aimerait leur dire que cette année sera celle de la délivrance, de la liberté mais, malheureusement, la seule chose qu'il peut faire c'est s'unir avec elles dans la prière, ensemble ils font un vœu « que cette guerre finisse et qu'elle leur rende les leurs ». A ce moment de recueillement l'atmosphère est pesante. Néanmoins, le prêtre a réussi, malgré les circonstances, à apporter un peu de gaieté dans l'église. Il a fait une belle crèche animée avec des animaux et des personnes qui jouent magnifiquement leur rôle. Même Jésus dans le foin est un bébé du village. Il a réussi à rendre cette messe agréable malgré les circonstances. Marie reste longtemps devant la crèche avec des yeux émerveillés. Après la messe, Faustine et Jeanne restent pour discuter avec les femmes du village. Elles ont du mal à partir, chacune ayant besoin d'échanger avec leurs amies d'enfance ou d'adolescence. Il est si loin le temps des rencontres entre voisins et amis, leur insouciance semble à jamais évanouie.

Mais le froid les rappelle à l'ordre, la route n'est pas longue mais assez pour une enfant de deux ans et un bébé. Elles doivent rentrer et mettre les enfants au chaud ; elles ont enfourché leur vélo après les avoir installé confortablement dans les remorques ; Julien enroulé dans une couverture en laine prend place dans celle de Jeanne et Faustine met Marie dans la sienne. Avec son chapeau et son écharpe on lui voit à peine le bout du nez. Elles parcourent le chemin qui les sépare de la maison en fredonnant des chants de Noël ; avec le froid, de la fumée sort de leurs bouches. Marie, heureuse, reprend les refrains en tapant des mains. Elles laissent les vélos dans l'écurie et se précipitent à l'intérieur.

Elles se sont réunies chez Jeanne auprès de la cheminée et ont fait la fête. Au pied du sapin, des cadeaux attendent les enfants. Jeanne a pris soin de les déposer avant de partir à la messe. Marie a reçu des petits présents qu'elles avaient confectionnés de leurs mains : une poupée en chiffon avec plusieurs vêtements et René, en surprise, lui avait fabriqué un lit en bois pour la coucher. Julien a eu un joli pullover en laine tricoté par Faustine et, son papa lui a fait parvenir un petit cheval en bois. Il l'a sculpté dans une grosse branche trouvée dans une forêt. Malgré ces temps difficiles la veillée de Noël reste un instant magique, il était important pour Jeanne de transmettre cela aux enfants.

Le repas, certes, modeste, est néanmoins plus copieux que d'habitude. Avec les noix abondantes cette année, Jeanne a fait un gâteau et Faustine a apporté de la crème de marron. Quelques champignons ont accompagné la dinde de Noël que René avait tuée la veille. Pour l'époque ce fut un vrai festin ! Exceptionnellement, Faustine dormit chez Jeanne. Il n'était pas prudent de rentrer seule dans la nuit. Cette soirée de Noël restera comme un moment de douceur dans ces moments difficiles de la guerre.

*

Au printemps Le cheptel de Faustine s'est agrandi de deux chèvres supplémentaires qui sont pleines à leur tour. Pour le moment elles sont à l'écurie bien au chaud. Les jours sont courts et le rythme de la ferme est au ralenti.

Jessy a beaucoup grandi. Maintenant elle doit la parquer pour traire sinon elle met ses pattes dans le seau ou elle mordille les pattes des chèvres, qui, furieuses, ruent dans sa direction. Au début cela faisait rire Faustine mais elle a vite compris que ce comportement peut mettre son activité en difficulté. Elle la met alors dans un box destiné au cochon ; Jessy est furieuse, elle aboie et elle essaie de sauter mais sans succès et au bout de quelques minutes, elle se calme ; elle se couche non sans jeter un regard désespéré à sa maîtresse par un petit trou de la porte. Heureusement qu'elle a Jessy pour l'occuper pendant ces longs mois d'hiver car elle ne voit pas grand monde. Elle décide de lui apprendre à marcher à son côté, à se coucher ou à s'assoir ; Faustine la récompense et Jessy apprend vite les consignes sauf pour la traite, elle adore ce lait frais et chaud qu'elle entend couler dans le seau et c'est plus fort qu'elle, Jessy veut en boire encore un peu. C'est si bon ! Elle doit donc la laisser en box le temps qu'elle termine. Ce n'est pas grave, la séparation est de courte durée.

Après ces longs mois d'hiver le printemps revient doucement ; le soleil réchauffe le sol et les fruitiers ont fleuri, quel beau spectacle ! C'est une explosion de fleurs blanches qui parfument délicatement le verger. Dans les ruches les abeilles s'affairent, le bourdonnement est incessant. La récolte de miel s'annonce fructueuse. Faustine regarde tous ces arbres qui tiennent encore leur promesse malgré leur âge quand soudain elle aperçoit un essaim qui se forme à l'extérieur de la ruche, sûrement autour d'une nouvelle reine : Les abeilles volent et forment un rond qui s'intensifie en volume, quand elle s'approche le bruit est impressionnant. Faustine est prudente, elle reste à bonne distance, l'essaim est maintenant gigantesque et soudain en une seconde il s'envole. Elle le suit du regard ; il se pose sur un arbre à quelques centaines de mètres plus loin. Elle doit le récupérer sinon il partira ailleurs ; elle court chercher une petite ruche qu'elle place sous la branche où il s'est posé. A l'aide d'un bâton, d'un coup sec elle fait tomber le plus gros de l'essaim à l'intérieur. Avant, elle a pris soin de mettre du miel à l'intérieur pour que les abeilles le butinent et s'habituent à leur nouvel environnement. Le soir elle n'aura plus qu'à mettre la ruche dans un espace plus adapté pour ses occupantes. Si les abeilles se plaisent Faustine aura une ruche de plus donc plus de miel à vendre cet été. Décidemment cette année s'annonce bien sur le plan pécuniaire.

Faustine aurait bien besoin de Pierre. Il n'a pas eu la permission escomptée, la guerre ne s'est pas calmée, au contraire. Chaque jour elle espère avoir de bonnes nouvelles mais plus le temps passe et plus son désir se transforme en désespoir.

Jeanne et Faustine ont repris la vente au marché de Neulise, elles revoient plusieurs fois Sylvain. Elles pestent en le voyant, lui par contre il est bien présent, pas besoin de permission. Il se pavane dans les rues de Pinay et de Neulise. Elles prennent bien soin de l'éviter car maintenant elles ont peur de lui. Elles sentent son regard insistant qui les scrute d'en haut jusqu'en bas. C'est très désagréable. Puis, au mois de mai il s'est évaporé. Elles questionnent à droite et à gauche mais personne ne l'a revu. Il serait parti sur Lyon. *Bon débarras* ont-elles pensé. Avant de partir il a fait assez de mal ici dans la région. Suite à ses délations des hommes sont emprisonnés, torturés et on raconte que certains ont été fusillés. Un jour il devra payer pour tous ses crimes.

La chaleur du printemps contribue à une vie plus douce pour les deux femmes ; le soleil réchauffe les cœurs et leur redonne de la vitalité. Marie peut à nouveau courir dans les prés. Elle a laissé les poules et chasse maintenant les papillons et les sauterelles. Son terrain de jeux s'est agrandi. Julien tente désespérément de la suivre mais à quatre pattes il ne va pas très loin et revient dans les jupes de sa mère. Il est devenu costaud, bientôt il marchera. Quel bonheur de le voir ainsi !

Chez Faustine, Jessy est devenue aussi haute qu'un poney, elle colle aux basques de sa maîtresse comme une ombre. Exactement ce que Jeanne lui avait dit l'année dernière, elle ne s'était pas trompée. Elle accueille tous les visiteurs avec bienveillance, comme cette dame de Saint-Etienne qui se présente à la ferme. Elle a besoin d'une douzaine d'œufs. Faustine va les chercher, elle remplit la boîte et la lui donne délicatement. Faustine lui propose un jus de pomme de sa production. La dame le déguste lentement, c'est si bon, il y a longtemps qu'elle n'en n'a pas bu. Puis, elle prend congé, mais en arrivant au portail elle trébuche contre une pierre et tombe sur les genoux. Les œufs lui échappent et certains sont cassés. Elle s'assoit et constate que ses genoux sont écorchés ; Jessy s'est approchée, elle lèche le sang qui coule par réflexe ou pour nettoyer la plaie. La dame éclate en sanglot, Faustine interprète mal ces pleurs, elle croit que Jessy lui fait peur et se précipite vers elle.

— Jessy, laisse.

— N'ayez pas peur, vous avez mal ? Je peux vous aider ?

— Non, non la douleur ce n'est rien !

— Mais alors que se passe-t-il ? Pourquoi pleurez-vous ?

— J'ai perdu la moitié de mes œufs, ils étaient pour mes enfants, je n'ai pas assez d'argent pour en acheter d'autres. J'ai fait ce long chemin en train et je vais revenir avec presque rien. Je suis déçue, c'est tout, mais je n'ai pas mal.

— Attendez, asseyez-vous là-bas un instant sur le banc sous le tilleul. Au bout d'un moment Faustine revient auprès d'elle avec les œufs manquants et un petit pot de miel. Les abeilles ont été généreuses, il lui en reste suffisamment pour vendre au marché. Faustine se retourne et éclate de rire.

— Les œufs n'ont pas été perdus pour tout le monde, n'est-ce pas Jessy ?

Jessy regarde sa maitresse avec un regard penaud, les babines pleines de blanc d'œuf dégoulinant. La personne reprend le sourire devant l'air désolé de la chienne.

— Comment vous remercier ?

Faustine ne répond pas. Elle sait les difficultés que rencontrent les personnes qui habitent en ville, mais elles ne sont pas les seules à souffrir de la faim et du froid. Les maquisards sont venus plusieurs fois cet hiver. Ils sont épuisés et ont besoin de manger et de dormir pour récupérer. Jeanne et Faustine les hébergent de temps en temps. Elles connaissent le risque mais c'est dans leur nature. Impossible de les laisser dormir dehors dans les nuits encore froides. Elle regarde cette femme s'en aller et songe à cette maudite guerre qui n'en finit pas.

*

La cabane du cochon ne suffit plus depuis longtemps à Jessy, Faustine doit la fermer dans la remise pour être tranquille pendant la traite. Cette fois-ci la porte fait deux mètres de haut. Impossible de sortir. Jessy a bien aperçu un grand jour entre le haut de la porte et le toit mais elle a renoncé. Elle se couche et attend que sa maîtresse vienne la délivrer.

Faustine a reçu une bonne nouvelle hier, Pierre va enfin pouvoir venir la rejoindre prochainement. Il n'a pas précisé le jour, aussi son impatience monte d'heure en heure. Mais visiblement ça ne sera pas pour aujourd'hui, la nuit arrive. Elle renonce à l'attendre et monte se coucher. C'est encore plus douloureux que les autres soirs, savoir son arrivée si proche ! L'attente des deux jours suivants fût interminable. Elle commence à se demander si sa permission n'a pas été supprimée. Comme chaque jour elle monte voir Jeanne, au moins avec elle le temps passe plus vite. Jessy la suit partout maintenant qu'elle marche bien à côté d'elle, même sur les chemins et, Faustine se sent rassurée par cette présence. Elle ne pourrait plus se passer d'elle.

Jeanne l'attend, elles ont leur rituel, une pause-café. Cette fois-ci c'est du vrai café, un maquisard a pu lui en faire passer. Elles parlent comme d'habitude de leur impatience de voir cette guerre se terminer.

— Je crains que la permission de Pierre ait été annulée. Déjà une semaine de passée depuis son courrier et je suis toujours sans nouvelles, c'est beaucoup. Je commence à me faire à cette raison.

— J'espère que non, mais….Elle ne finit pas sa phrase mais Jeanne le sait, même s'ils ne restent pas longtemps, les revoir fait tellement de bien.

— Aie confiance, il n'a peut-être pas la possibilité de te joindre.

Jeanne lui remonte le moral comme elle peut et Faustine après cette petite parenthèse retourne chez elle. Elle veut faire le tour du verger aujourd'hui. Elle doit vérifier l'état des arbres et le bon développement de la future récolte. Elle ouvre la porte et Jessy se précipite dans le fond de la pièce en grognant. Faustine regarde, elle aperçoit une silhouette familière et se met à trembler de joie.

— Jessy, au pied ! Lui dit-t-elle.

— Quel accueil ! Voici donc la fameuse Jessy ?

Faustine se jette dans les bras de Pierre qui la soulève et ils tournent sur place en riant. Jessy ne comprend pas mais sa maîtresse semble aimer cela donc elle s'assoit et les regarde avec la tête légèrement penchée et le regard interrogateur.

— Je n'y croyais plus, j'ai pensé que ta permission était reportée.

— Oui je n'ai pas pu te donner plus de nouvelles. Les transports sont compliqués et j'ai eu du mal à arriver jusqu'ici. Mais me voici, raconte moi tout et surtout présente moi cette brave bête qui veille sur toi.

— Jessy, approche. Tu peux la caresser pendant des heures, elle ne se lassera pas.

— Sûrement, mais il y a une autre personne que je souhaite caresser si elle est d'accord.

Faustine se blottit au creux de ses bras et ils restent ainsi quelques minutes à se retrouver, se sentir. Puis Pierre prend Faustine dans ses bras et il la dépose délicatement sur le lit. Leur premier rapport après ces longs mois de séparation. Il fut trop bref. Pierre avait tellement attendu qu'il fut trop rapide mais il va se rattraper, c'est sûr. Ils ont trois jours et trois nuits pour assouvir leur soif de s'aimer. Ils en profitent largement et plusieurs coins de la ferme furent témoins de cet amour bridé par la guerre: le foin, le pré des chèvres, le verger. Un moindre regard ou le frôlement de leur peau provoque cette envie irrésistible de s'embrasser et de faire l'amour. Leurs baisers passionnés rythment leurs activités et les jours et les nuits semblent trop courts pour les satisfaire. Ils en veulent toujours plus. Mais cette parenthèse passe trop vite.

Le départ de Pierre est imminent. Un dernier petit café en amoureux, un baiser torride qui n'en finit pas et cette séparation qui est encore plus douloureuse pour tous les deux. Faustine va se retrouver seule pour combien de temps ? Pierre part à reculons, il sait maintenant ce qui l'attend. Ses jambes sont lourdes et sa tête explose quand il y pense. C'est trop difficile pour lui, il n'est pas fait pour ça, sa sensibilité est mise à rude épreuve. Une longue période sans Jeanne l'attend encore, il en est conscient. Autant quand il est chez lui, il se sent puissant, il sait qu'il serait capable de défendre sa maison, sa famille, il en aurait la force. Mais loin des siens la bataille lui paraît tellement difficile même s'il connaît et en approuve les enjeux. Et puis ces soldats qui sont ses ennemis, ce sont des jeunes hommes, ils ont le même âge. Ont-ils les mêmes regrets que lui ? Il en est convaincu quand il en croise un sur un brancard ; il voit la même détresse dans son regard. Dans une autre époque ils se seraient battus sur un terrain de football. Quelle tragédie cette guerre.

*

A la ferme, Faustine reprend son rythme sans lui et ses visites chez son amie. Avec Jeanne elles n'ont pas trop le temps de réfléchir. Chaque jour une nouvelle tâche survient et occupe leurs pensées. Elles doivent souvent improviser avec les moyens du bord. Comme, par exemple, pour habiller les enfants de Jeanne qui grandissent vite. Les deux femmes redoublent d'astuces pour allonger les vêtements mais attention pas n'importe comment, d'une manière élégante. La petite Marie est très soucieuse de son apparence. A chaque nouvel essayage elle tournoie sur elle-même pour faire voler les rajouts de tissus. Heureusement, avant la guerre Jeanne avait fait le plein de vêtements, elle est très coquette et changeait souvent sa garde-robe. Elle a tout un stock de jupons à fleurs, à pois et, beaucoup de dentelles à découper dans de vieux corsages. Les après-midis de pluie c'est atelier couture et tout le monde s'y met. Les enfants adorent tirer sur les manches des corsages pour finir de les découdre ou se rouler dans les vieilles robes de leur mère. Faustine a pu aussi se tailler une robe à petits pois qui lui va à ravir. Elle pourra la mettre au prochain retour de Pierre. Déjà un mois qu'il est reparti.

En ce mois de juin Faustine aide Jeanne pour les foins mais elle se fatigue vite en ce moment. Elle pense savoir ce qui se prépare. Ce mois-ci elle constate un retard menstruel et cela ne lui arrive jamais. Elle a gardé le secret pour le moment, sauf auprès de son amie Jeanne. Elle se ménage, elle a ralenti le rythme. Après sa petite collaboration chez Jeanne elle enchaîne les tâches chez elle. Faustine prend plus de temps, elle fait plusieurs pauses. Cependant pas un jour de repos avec une ferme à gérer, mais elle ne se plaint pas, elle aime cette vie. Et puis, avec Jeanne elles sont heureuses, les maquisards leur apportent de plus en plus de belles nouvelles, elles doivent tenir le coup maintenant. La fin de la guerre semble proche. Ce n'est pas le moment de faiblir, elles doivent encore se serrer les coudes et ne pas flancher.

Cependant elles savent que les mois de juillet et août passeront très vite, par contre l'automne s'annonce déjà plus compliqué car René a reçu son ordre d'engagement pour le mois d'octobre. Faustine sera en pleine période de récolte de fruits et sa grossesse sera déjà bien avancée. Elle se fait du souci, les fruits sont un excellent revenu. Elle a fait ses calculs et elle devrait être tranquille pour tout l'hiver avec cet argent. Il faut vraiment qu'elle trouve une solution. Elle va chercher des ramasseurs au moins pour les matins. Il lui reste trois mois pour s'y préparer, elle a encore le temps mais un deuxième hiver sans Pierre sera laborieux, tant sur le plan physique que psychologique.

Elle reste un instant plongée dans ses pensées mélancoliques *Oh, Mon Dieu combien de temps devront-ils encore souffrir de cette guerre !*

*

Depuis deux semaines la douce chaleur du mois de juin a laissé place à une touffeur pesante. Faustine enferme Jessy dans la grange pour s'occuper des chèvres. Hier le médecin lui a confirmé sa grossesse. Elle ne pense plus qu'à ce petit bébé qui grandit au creux de son ventre. Après la traite elle écrira à Pierre pour lui annoncer la bonne nouvelle. Plus qu'une bête, et elle a presque terminé. Elle a transpiré et des mèches de cheveux sont collées sur son front, elle fait un geste de la main pour chasser une mouche qui tourne autour de son visage ; elle saisit le mamelon toujours absorbée par ses belles pensées, mais soudain un bruit derrière elle la fait sursauter. Elle se retourne et surprise dit d'un ton sec :

— Toi ! Que fais-tu ici ?

— Je passais.

— On te croyait parti sur Lyon.

— Je suis revenu. Il paraît que tu caches les maquisards ?

— Et qui te l'a dit ? Le ton a monté et Faustine entend Jessy grogner, à ce moment elle regrette de l'avoir fermée.

— Peu importe. Je ne suis pas venu en ennemi. Je t'ai toujours trouvée magnifique. Avec ton amie vous êtes bien seules sans vos hommes, je peux vous aider et vous protéger si vous voulez ?

— Pas du tout, nous n'avons pas besoin de ton concours.

Il continue d'avancer et Faustine se lève à son approche, elle recule et commence à crier plus fort.

— Laisse-moi, j'ai du travail, va voir ailleurs.

— Non pas encore, j'ai besoin de réconfort. Tu peux bien me donner ça en échange de mon silence.

— Certainement pas ! Faustine hurle.

— Va-t'en.

Elle commence à redouter le pire. Sylvain est tout près d'elle maintenant et elle sait qu'elle ne fera pas le poids. Il n'est pas épais mais très nerveux. Elle pense à son bébé, elle doit le protéger. Elle se replie légèrement pour rentrer son ventre. Sylvain fait encore un pas, il va bientôt la toucher. Faustine lève les mains pour cacher son visage. Un réflexe bien inutile ; même si elle ne le voit plus il est toujours là. Il lui attrape un bras et le tord avec une brutalité inattendue, elle hurle et ferme les yeux. Jessy aboie et gratte la porte, Faustine perçoit sa colère. L'autre main de Sylvain se faufile déjà sous sa jupe, elle sent ses doigts qui glissent sur sa peau nue. Le dégoût l'envahit, elle a envie de vomir. Elle voudrait le repousser mais elle ne peut rien faire. Elle est prise au piège ; elle cherche vainement des yeux un objet à sa portée pour le repousser mais à part les seaux de la traite, il n'y a rien — Faustine enrage. Elle a des larmes de désespoir dans les yeux. Elle sent le souffle de l'homme se rapprocher de son visage. Dans un dernier élan, elle veut tenter de lui donner un coup de pied dans les parties mais soudain il lâche son bras si brusquement qu'elle est déséquilibrée. Elle tombe de tout son poids sur le sol dur de la grange. Une déchirure lui transperce le ventre et les reins, elle crie et se met en position fœtus sans pouvoir bouger. La douleur est si forte qu'elle perd connaissance. Quand elle revient à elle Faustine entend Sylvain qui hurle, les grognements de Jessy et elle perçoit une lutte brève; puis, enfin, un bruit sourd et sec. Elle tend l'oreille — plus rien. Faustine rouvre lentement les yeux, elle sort péniblement de sa position inconfortable, nauséeuse, la douleur continue de la plier en deux. Ce qu'elle voit alors la surprend, Jessy est là, menaçante, les babines retroussées, les crocs découverts et la bouche ensanglantée. Elle ne l'a jamais vu dans cet état. *Mon Dieu qu'a-t-elle fait, et comment a-t-elle pu grimper et sauter deux mètres de haut* pense-t-elle ; *elle est stupéfaite.* Encore tremblante elle la rappelle, essaie de la calmer, puis affolée, elle s'approche de Sylvain et constate avec horreur qu'il est mort. Sa tête a heurté une pierre saillante, c'est le bruit sourd que Faustine a entendu. Ses yeux sont ouverts et l'on perçoit dans son regard l'effroi de la surprise et le rictus de la douleur. Pendant une heure, elle reste là avec Jessy serrée tout contre elle ; elle est consternée, ne sait pas quoi faire. Elle réfléchit, personne ne la croira, les gendarmes penseront qu'elle a voulu s'en débarrasser parce qu'il voulait la dénoncer.

Finalement elle se ressaisit et malgré la douleur qui la tenaille encore elle le pousse et le cache derrière des bottes de foin. Elle nettoie le sang autour de la pierre et décide d'aller chez son amie Jeanne. A deux, elles trouveront une solution. Elle enjambe son vélo et part, la douleur s'est un peu atténuée mais elle est toujours là. Elle suffoque sous l'effort et la fournaise de ce mois de juin accentue son malaise. Quand elle arrive elle se jette dans les bras de Jeanne, elle a du mal à expliquer ce qui vient d'arriver. Ses propos sont vagues et confus, Jeanne sent qu'il s'est passé quelque chose d'horrible. Elle confie les enfants à René. Elles vont chez Faustine et Jeanne la suit dans l'écurie. Faustine enlève les bottes de foin et Jeanne visualise alors la scène ; elle comprend tout de suite ce qui s'est passé, elle recule. Elle a pâli à la vue du mort et elle doit s'assoir quelques instants pour reprendre son souffle.

— Mon Dieu, que s'est-il passé ?

— Il m'a surprise pendant que je faisais la traite. Une personne lui a dit que je cachais des maquisards et il voulait acheter mon silence. Pas besoin que je te fasse un dessin.

— Non, il a essayé un jour avec moi aussi il y a déjà quelque temps, je ne t'en avais pas parlé pour ne pas te faire peur, mais René l'avait vu arriver et l'avait menacé avec une fourche. Il avait rebroussé chemin, furieux. Ensuite il était parti pour Lyon, je nous croyais en paix.

— C'est Jessy qui m'a protégée. Sans elle je ne m'en serai pas sortie indemne. Il a quand même réussi à me faire du mal. Je suis tombée et la douleur m'a transpercée. J'ai peur pour le bébé. Mais maintenant pour Sylvain je fais quoi ? Je suis terrassée.

Faustine s'assoit en silence entre les bottes de foin auprès de Jeanne, Jessy les regarde et grogne encore de temps en temps. Faustine l'apaise avec des paroles rassurantes qui semble la sécuriser elle aussi Elles regardent cet homme allongé, sans vie. Puis une fois le choc passé elles discutent longuement. Elles doivent trouver une solution mais elles n'ont pas beaucoup de temps. Jeanne finit par lui dire :

— Mettons-le dans la charrette.

— Pourquoi ?

— J'ai une idée.

Faustine ne pose pas de questions. Elle est incapable de se concentrer. Son cerveau est comme endormi. Maintenant que Jeanne est là, elle se laisse porter par son amie. Elle s'exécute et à deux elles le traînent par les bras. Il est lourd mais enfin elles arrivent à le hisser à l'intérieur. Il était temps le corps se raidit déjà, elles le recouvrent de foin.

— Viens ce soir, quand il fera nuit. Inutile de se faire remarquer. Je serai seule, René part vers dix-huit heures.

Faustine ne pose pas plus de questions, elle embrasse Jeanne ; elle est absente, assommée ; elle veut rentrer chez elle pour s'allonger. Si elle dort elle ne pensera plus à tout ça. Mais une fois dans son lit elle a beau tourner et se retourner, les souvenirs de la scène de l'agression et la vision de Sylvain mort la hante et l'empêche de trouver le repos.

La journée est interminable, Faustine a très peur que quelqu'un se soit aperçu de la disparition de Sylvain. *Et si les gendarmes débarquaient pour la questionner ? Pourrait-elle garder le silence ?, ils verraient tout de suite que quelque chose ne va pas, rien qu'en la regardant.* Une fois la nuit tombée, Faustine accroche la charrette à son vélo, elle l'enfourche et pédale de toutes ses forces. Heureusement, pour aller chez Jeanne la route est légèrement en pente. De temps en temps elle se plie en deux de douleur mais continue courageusement à pédaler. *Il est lourd le bougre*, pense-t-elle. Le vélo zigzague mais enfin elle aperçoit la maison de son amie. Jeanne l'attend, elle lui fait signe. Elle a ressassé le problème toute la journée et elle pense que sa solution est la meilleure. A toutes les deux elles ne pourront pas creuser un trou assez profond, il n'a pas plu depuis un bon moment, le sol est dur. Reste la cachette qu'elle a trouvé et qui ne laissera pas de traces.

— Passe derrière la maison, attends, je vais t'aider.

Elle se met derrière la charrette et pousse de toutes ses forces. Elles arrivent vers la fosse à purin. Faustine comprend tout à coup l'idée de son amie et elle a un haut le cœur.

Elles déposent Sylvain, qui est maintenant raide comme un tronc d'arbre tout près de la fosse.

— Tu es sûre ? Ose Faustine, on pourrait peut-être.... Jeanne lui coupe la parole.

— A trois on le roule dedans. Lui répond-elle sans hésitation.

Sans plus réfléchir elles s'exécutent, un énorme plouf vient rompre le silence de la nuit. Des chauves-souris s'envolent affolées et tournoient autour de leurs têtes. Elles se regardent, ce qu'elles viennent de faire est terrible mais avaient-elles le choix ? Elles se rassurent mutuellement. Elles savent que c'est la meilleure solution pour le moment. Après la guerre, on verra ! Il sera temps de parler et de dire la vérité. Quel lourd secret à porter ! Jusqu'à quand ? En seront-elles vraiment libérées un jour ?

*

Faustine reste dormir chez Jeanne, elle n'a pas la force de repartir. Au matin son ventre la fait toujours souffrir et elle a des pertes de sang. Elle décide de faire venir le médecin. Il arrive tard dans la matinée, il prévient Jeanne qu'une épidémie de scarlatine se propage dans la région. Il lui conseille de faire attention aux enfants, il vaut mieux les garder à la maison pendant quelque temps.

Le médecin examine Faustine et il n'est pas très optimiste ; il lui prescrit du repos même s'il sait au fond de lui que c'est impossible : Les femmes ne peuvent pas se reposer, elles ont trop à faire sans leurs hommes et, effectivement Faustine ne le fait pas. Elle continue de travailler du matin jusqu'au soir. Elle adopte un rythme plus lent mais elle porte des charges trop lourdes pour son état fragilisé. Il aurait fallu qu'elle garde le lit au moins une partie de la journée. Quinze jours après, ce que Faustine redoutait arriva : Elle perd son bébé dans de grandes douleurs physiques et psychologiques.

Son chagrin est immense. Elle ressent un grand vide dans son cœur. Le matin elle se lève parce qu'elle n'a pas le choix, ses bêtes l'attendent, elle doit continuer d'avancer. C'est seulement le soir dans son lit qu'elle fait son deuil, seule avec elle-même; elle pleure ce petit être qu'elle ne verra jamais. Elle s'imagine le bercer, lui chanter de belles comptines, elle lui parle de ce manque qu'elle a au plus profond d'elle-même. Jeanne vient la soutenir tous les jours, pas besoin de parler, elles se comprennent vraiment. C'est à son tour de lui venir en aide, de lui remonter le moral. Elle sait que le temps atténuera sa peine.

Faustine décide de ne rien dire à Pierre. Ils sont jeunes et le médecin lui a dit qu'ils pourront avoir d'autres bébés. Le lui annoncer serait cruel, il aurait une double peine : la perte de son enfant et la culpabilité de n'avoir pas pu protéger sa famille. Peut-être dans quelques années elle lui parlera de ses souffrances. Mais aujourd'hui elle est persuadée qu'il est plus à plaindre qu'elle. Toutes ces épreuves qu'il endure au quotidien sont autant de tourments qu'il subit jour après jour. Elle le lit dans ses lettres, celles-ci sont de plus en plus longues ; il a du mal à les terminer, comme si ce courrier était son lien avec la vie. Il parle de son épreuve sur le front, des corps qui explosent autour de lui, de son impatience de la serrer dans ses bras et parfois l'encre est tachée, comme si une larme s'était déposée sur sa correspondance.

*

Le mois de septembre annonce la fin de l'été et la future récolte des fruits. Faustine a trouvé de la main d'œuvre pour la cueillette. Elle a hâte de lancer le départ du ramassage. La qualité des pommes et des poires est remarquable. Pour de vieux arbres ils produisent encore des fruits en grande quantité ; leurs couleurs rouge, jaune et leur forme bien arrondie donnent envie de les croquer. Grâce à l'aide de ses ouvriers ils seront rentrés à temps. Avec leur vente elle pourra encore augmenter son troupeau de chèvres, acheter des arbres pour remplacer ceux qui sont morts. Autant de projets qui l'aident à oublier un peu sa peine. L'évènement du 3 septembre 1944 va encore décupler son énergie: la ville de Lyon est libérée. La nouvelle se répand partout comme de la poudre, René échappe de justesse au combat, il est démobilisé.

Partout c'est la fête, les gens se rassemblent, les

femmes abandonnent pour un jour leur travail, l'adrénaline de la victoire est trop forte, impossible de se concentrer sur quoi que ce soit.

Une semaine après Faustine entreprend le début de la cueillette avec deux ramasseurs. A l'annonce de la victoire elle a eu plusieurs désistements. Ce n'est pas très grave, la récolte n'en est qu'à son balbutiement. Quand il faudra accélérer le rythme son Pierre sera là et, à eux deux ils feront des miracles. Elle s'imagine déjà travailler à ses côtés dans le verger. Elle se souvient de son rire et en fermant les yeux elle l'entend encore résonner. Elle est si heureuse, comme les femmes du village, toutes sont euphoriques à la pensée de revoir leurs proches.

A partir de ce jour, dans les villages, l'impatience était à son comble, le retour des leurs! Enfin! Elles guettaient par la fenêtre, tremblaient à chaque fois qu'un homme s'approchait de leur maison et, quant enfin elles reconnaissaient la silhouette et les pas de ces hommes tant désirés femmes et enfants couraient les embrasser.

Jeanne et Faustine doivent retrouver leurs maris à la gare, ils arrivent par le train. Elles viennent en avance d'une heure avec les enfants. Impossible de les laisser attendre à la ferme, ce jour est tellement important. C'est tout juste si elles osent se parler, le temps est suspendu. L'arrivée du train est différée d'un quart d'heure, une éternité ! Plusieurs voisines sont là aussi. Elles se font un signe de la main. Elles pensent toutes la même chose sans oser l'avouer : Dans quel état seront-ils ? Plusieurs proches sont revenus avec un membre en moins. Le train arrive enfin ; encore un peu de patience, elles les cherchent dans la foule. Elles voient courir des jeunes femmes vers les militaires des premiers wagons. Toujours rien…, l'angoisse leur noue la gorge. Pourvu que…, puis finalement oui, ce sont bien eux, les voilà. Quelle joie de les retrouver ! Ils sont éreintés mais tellement chanceux d'être là, sans blessure apparente, sur ce quai de gare.

Après de longues étreintes, doucement les couples se détachent et avancent main dans la main, la vie reprend ses droits. Les langues se délient, les hommes plaisantent avec leurs amis, se donnent rendez-vous au bistro du coin et les femmes rient de tout et de rien. A ce moment précis le bonheur est là, sur ce quai. Chacun prend conscience que la guerre est réellement terminée

*

Deux ans se sont écoulés, Jeanne et Faustine ont retrouvé leur joie de vivre auprès de leurs époux. La famille de Jeanne s'est agrandie d'un troisième enfant, un petit garçon prénommé Philippe en bonne santé mais pas très gros. Le jour de sa naissance le médecin a parlé à Albert en aparté :

— Il est préférable pour Jeanne que ce soit le dernier.

Votre femme a une petite santé. Il ne serait pas prudent qu'elle ait une nouvelle grossesse.

Albert le sait, sa petite Jeanne n'est pas costaude, c'est sa fragilité qui l'avait séduit. Il s'estime heureux d'avoir déjà trois enfants. Il rassure le médecin. S'il arrivait quelque chose à Jeanne il ne s'en remettrait pas. Désormais il sera prudent.

Faustine et Pierre, quand à eux, sont les heureux parents d'une petite fille, Josiane. Elle est un rayon de soleil après cet enfer. Pierre a beaucoup pleuré à sa naissance. Il l'a serrée délicatement dans ses bras puissants. Il l'amène partout chaque fois que c'est possible, ils se quittent rarement. La petite est toujours accrochée à ses bottes. Malheureusement il y a une ombre à ce magnifique tableau. Pierre a pris l'habitude de prendre un verre de vin pour s'endormir, puis deux, le premier ne suffisant plus. Faustine ne s'en formalisait pas au début, mais maintenant elle s'aperçoit que son caractère change, il devient irritable. Elle essaie de le faire parler, de lui changer les idées. Parfois ils vont au cinéma à Roanne ou organisent des pique-niques sur les berges de la Loire avec leurs amis ; mais rien n'y fait, il semble que la guerre ait détruit définitivement une partie de son enthousiasme. Pierre ne rit plus, il ne plaisante plus, lui qui était si drôle ; où est cet humour que Faustine aimait tant ? Toute cette période d'insouciance est derrière eux maintenant. Heureusement Josiane a hérité du caractère de son père, c'est elle qui fait le pitre aujourd'hui ; Faustine ne peut s'empêcher de sourire en la regardant ; *c'est le portrait craché de son père ! Pense-t-elle.* C'est la seule bonne chose qui lui soit arrivée depuis le retour de Pierre, même les éléments semblent se liguer contre le bonheur de leur retrouvaille : La récolte cette année a été catastrophique, elle a perdu une ruche et deux chevreaux sont morts à leur naissance, les malchances s'enchaînent.

Jessy, quant à elle, s'est bien assagie, maintenant elle a deux maîtresses à suivre partout et, le soir, elle est épuisée. Elle pose sa tête sur les genoux de Faustine et ferme les yeux. Elle attend son petit morceau de fromage et va se coucher près de la cheminée. Depuis la tragédie avec Sylvain, elle dort dans la maison, jamais loin de Faustine. Heureusement Pierre n'a jamais posé de questions, il aime, lui aussi, caresser longuement la tête de Jessy. Il apprécie sa présence près d'eux, Faustine n'a pas eu besoin de lui expliquer pourquoi elle ne dort plus à l'écurie.

Faustine et Jeanne n'ont plus jamais reparlé de Sylvain. Au début le bonheur de retrouver Pierre et Albert leur avait fait oublier leur engagement d'aller voir les gendarmes après la guerre. Puis, le temps s'est écoulé et reparler de ce traumatisme après plusieurs années était trop douloureux. Et puis comment expliquer aux autorités qu'elles se soient tues si longtemps ? De plus à leur connaissance personne n'a cherché Sylvain, ce qui suffisait à les déculpabiliser et à se taire. Du coup, ce drame s'est mis en sommeil dans une petite case de leur mémoire et elles n'en parlèrent jamais à personne.

Depuis le retour de leurs hommes elles se consacrent à la reconstruction de leur famille et au développement de leurs entreprises.

Maintenant elles vont au marché à Neulise ensemble pour vendre leur production, c'est leur petite sortie hebdomadaire ; Il y a seulement quelques marchands de produits locaux et elles ont un étal à côté l'une de l'autre. Entre deux clients elles se racontent leur nouvelle vie. Elles sentent bien que quelque chose a changé.

— Albert n'est plus le même, il s'abrutit à la tâche pour oublier la guerre, lui dit Jeanne

— Et Pierre sombre doucement dans l'alcoolisme. Je n'arrive pas à le convaincre d'arrêter. Le soir c'est l'alcool qui l'emporte dans ses rêves tourmentés, répond Faustine.

Elles se confient leurs petits secrets et le constat est le même. Elles ne retrouveront jamais l'homme qui est allé combattre, une partie d'eux est mort avec les soldats disparus. Les années passent et se ressemblent, un rien leur rappelle cette sombre époque. Il suffit d'un article dans le journal ou d'une rencontre avec un ancien soldat pour les ramener à ces tristes années.

*

Pour les cinq ans de Josiane, Faustine décide de faire une fête malgré ses revenus en baisse. Depuis quelques années elle manque de chance, elle perd des bêtes et Pierre l'aide moins que prévu. Il est toujours fatigué et le verger est en mauvais état. Tant pis, sa fille mérite bien d'avoir un joli anniversaire. Elle invite leurs parents, la famille et des amis et elle prépare un bon repas. La petite est toute excitée. Ses « anglaises » dansent autour de ses petits yeux verts chaque fois qu'elle tourne la tête. C'est le mois de juin et la météo prévoit du beau temps toute la semaine, la fête se tiendra dehors. Une table est dressée avec une belle nappe blanche. Faustine a cueilli ses bouquets favoris aux tons roses et bleus, comme le jour de son mariage. La journée est radieuse et Pierre apprécie cette parenthèse. Il s'active avec Josiane pour suspendre des guirlandes dans les arbres. Le papa de Pierre arrive chargé de bouteilles de son vin rosé comme au jour de leurs noces. Au cours du repas Faustine voit que Pierre boit trop mais ce n'est pas le jour de faire des reproches. Et puis, il n'a pas le vin méchant, il rit beaucoup, et sa façon de s'esclaffer lui rappelle plutôt de bons souvenirs. Elle s'en réjouit.

A quatre heures il est temps de souffler les bougies et de donner les cadeaux. Josiane est bien gâtée, elle reçoit de nombreux présents : des jouets, des vêtements. Son visage est lumineux, elle embrasse tout le monde puis, les enfants se jettent sur le gâteau, surtout Marie qui avale une part en un temps record. Elle a fêté ses onze ans cette année, son espièglerie a fait place à une certaine arrogance, mais elle est drôle et ses parents lui pardonnent tout, surtout Albert. Elle lui a tellement manqué pendant deux ans. Quant à Julien, le bébé à la santé si délicate à sa naissance, il est devenu un solide petit garçon de neuf ans. Qui l'aurait prédit après son début de vie difficile ? Aujourd'hui il est toujours prêt pour aider son père, il adore cette vie, elle est faite pour lui. Nul ne doute qu'il reprendra l'exploitation quand son père se mettra à la retraite ; son frère Philippe promet également, il a l'espièglerie de Marie et la délicatesse de Julien. Jeanne et Albert ont une belle famille que Faustine envie secrètement.

Après le goûter, les enfants partent courir dans les prés et jouer à chat perché, au grand bonheur de leurs parents. Ainsi ils peuvent se détendre et parler de choses sérieuses, sauf de la guerre. Faustine les a prévenus, aujourd'hui c'est la fête. Les deux amies font des plans sur la comète : elles envisagent déjà un mariage entre Philippe et Josiane.

— Ils s'entendent à la perfection et sont tellement complices, toujours sur la même longueur d'onde pour faire une bêtise, dit Jeanne.

— Oui, et leur union augmenterait la surface de l'exploitation, répond Albert pragmatique.

Faustine approuve de la tête et regarde Pierre mais celui-ci sourit sans les voir. Ses pensées sont ailleurs. La fête se prolonge jusqu'à dix-huit heures, les obligations de la traite donnent le départ des invités.

Le soir, Faustine est joyeuse, cette journée fut une vraie réussite ; elle espère que Pierre a trouvé lui aussi du plaisir à ces festivités. Elle y a mis tout son cœur pour organiser cette fête. Enfin un peu de bonheur ! La vie reprend son cours. Elle couche Josiane à vingt heures ; celle-ci s'endort épuisée. Pierre va traire les bêtes pendant que Faustine range la maison. Exténuée, elle s'écroule dans un fauteuil et s'assoupit un moment.

Vers vingt-deux heures elle se réveille en sursaut. Elle s'aperçoit que Pierre n'est toujours pas revenu. Inquiète, elle enfile un gilet léger et se dirige vers l'écurie. L'air est frais et un léger vent lui soulève les cheveux. Elle les entortille autour de sa main pour les canaliser. L'écurie est fermée, elle pousse la porte. La pièce est dans le noir, c'est bizarre – elle tâtonne pour trouver l'interrupteur et cherche des yeux son mari. *Avec tout ce qu'il a bu, il doit dormir quelque part !* Le chat marche au-dessus de sa tête, il fait tomber une brindille de foin qui lui chatouille le visage ; machinalement, elle penche la tête en arrière, et là, elle a une répulsion. Elle regrette aussitôt d'avoir levé les yeux, aurait préféré ne jamais voir. Ce qu'elle aperçoit est horrible et restera gravé dans sa mémoire à tout jamais. Malgré l'heure avancée et le peu de lumière elle prend son vélo et pédale jusqu'à la ferme de Jeanne. Elle se jette en pleurs dans les bras de son amie et lui explique brièvement la situation. Elle demande à Albert de l'accompagner.

— Bien sûr, je viens.

Ils arrivent sur les lieux et Albert la prend délicatement par le bras.

— Rentre, je m'occupe de tout.

— Merci, c'est trop pour moi.

Elle rentre et s'allonge près de Josiane. Son chagrin est incommensurable. Demain elle devra annoncer à sa fille la terrible nouvelle. Elle n'arrive pas à dormir, cette image lui revient sans cesse.

Albert monte à l'échelle de la remise, il prend un objet tranchant et coupe la corde qui a brisé le cou de son ami. Pierre a mis fin à ses jours, vivre avec tous ses souvenirs était trop difficile pour lui. Albert le comprend, seuls ceux qui ont vécu les combats en sont capables. Lui, préfère s'abrutir à la tâche pour tomber épuisé dans un sommeil agité.

Albert est formidable, c'est lui qui appelle le médecin pour constater le décès, puis les pompes funèbres. Faustine se laisse porter, la perte de Pierre est trop lourde à gérer pour elle. Jeanne aide son amie à préparer la cérémonie, le prêtre est passé pour réconforter Faustine.

Elle a choisi pour Pierre son joli costume de mariage qui lui va encore, Josiane l'a embrassé, elle a compris que son papa est mort et qu'il va s'envoler dans le ciel. Elle ne sait pas quand. Sa maman est triste pourtant elle dit que maintenant il est bien, qu'il repose en paix.

Elle ira chez Jeanne pendant quelques jours après l'enterrement. Sa maman a des choses à régler mais elle ne comprend pas quoi. Elle est contente, elle pourra jouer avec Philippe. Tous les hommes du village viennent rendre un dernier hommage à Pierre. Tous savent ce qu'il endurait car chacun mène la même bataille avec ces démons qui les réveillent la nuit. Décidemment cette guerre ne sera jamais complètement terminée.

*

Depuis ce soir-là, Faustine n'arrive plus à vivre dans cette maison. Elle tourne et retourne, fait les cent pas. La nuit c'est pire, elle ne trouve pas le sommeil et quand enfin il arrive elle est réveillée en sursaut, toute en sueur. Elle se lève et va vite voir si sa fille va bien. Elle a peur, une peur qui la prend aux tripes, incontrôlable. Dans cette maison elle ne sera plus jamais sereine, le bonheur s'en est allé avec Pierre. Après l'enterrement elle a une longue réflexion et prend une résolution radicale. Elle descend chez Jeanne et Albert. Josiane qui jouait dans le pré court dans ses bras.

— Papa s'est envolé maman ?

— Oui il est parti.

— Il reviendra ?

— Non, quand on s'envole on ne revient pas. Maintenant il est dans notre cœur.

En parlant elle met sa main sur le cœur de Josiane.

— Ici.

Josiane se satisfait de sa réponse ; Si Maman le dit c'est que son papa est bien là. De temps en temps elle touche son cœur pour essayer de le sentir. Puis rassurée elle retourne jouer.

Albert toujours aussi délicat laisse les deux amies ensemble. Elles ont des choses à se dire, Faustine a prévenu qu'elle a pris une grande décision pour elle et Josiane. Tout en buvant son café Faustine lui explique son projet, rien ne la fera changer d'idée, elle est déterminée. Elle pèse chaque mot, elle connaît d'avance toutes les réticences de Jeanne à ce départ et tous les arguments qu'elle va déployer pour la faire changer d'avis.

— Jeanne, j'ai beaucoup réfléchi depuis une semaine. Je sais que ma décision ne va pas te plaire. Jamais je n'aurai pensé un jour dire une chose pareille.

— Que veux-tu faire ? Tu m'inquiètes.

— Je vais partir, il m'est impossible de rester dans cette maison. Quand nous sommes arrivés avec Pierre c'était la maison du bonheur, malgré les difficultés liées à la guerre, la séparation, le labeur sans nos hommes. Tu sais de quoi je parle.

— Oui mais nous nous en sommes bien sorties finalement.

— C'est vrai nous étions jeunes et on avait tellement d'espoir et d'insouciance. Aujourd'hui mon rêve est brisé. Je n'ai plus rien à faire ici. Tu dois me comprendre, j'ai besoin que tu l'acceptes.

— Jamais je ne pourrai l'accepter mais je comprends, sans Albert je serai perdue. Que penses-tu-faire ?

— Je vais partir, un nouveau départ, une nouvelle vie avec Josiane. Je laisse derrière nous l'abattement, les drames. Je me tourne vers un avenir que j'espère meilleur.

— Quand penses-tu partir ?

— La semaine prochaine, le plus tôt sera le mieux, je ne dors plus, je m'épuise chaque jour un peu plus.

Jeanne est anéantie par la nouvelle, même si elle le

montre peu. A part Faustine elle n'a personne pour parler de choses intimes. Albert est son amoureux, son mari et ils s'aiment mais il y a des choses que l'on ne dit qu'à son amie. Elles s'embrassent longuement et Faustine lui dit de ne pas s'inquiéter, elles se reverront régulièrement.

*

Faustine a pris la résolution de mettre son exploitation en fermage. Avant l'enterrement elle s'était longuement entretenue avec le prêtre, elle lui avait exposé sa décision de partir.

— J'ai longuement réfléchi, impossible pour moi de rester plus longtemps ici. Ce drame est le drame de trop.

Tout lui revient en mémoire depuis quelques jours : La tentative de viol, la mort de Sylvain, la perte de son bébé, puis maintenant Pierre qui les a quittées d'une façon si dramatique. Elle veut tourner définitivement la page vers l'avenir, pour Josiane.

— J'ai décidé de partir. De quitter cette maison qui ne me ramène que de tristes souvenirs. Je pense aller sur Lyon. Le travail ne manque pas. Ma seule crainte c'est de me retrouver dans une ville où je ne connais personne.

— Ne vous en faites pas, je connais une paroissienne qui a besoin d'une femme pour l'aider dans ses tâches quotidiennes, lui avait-il répondu.

— Je vais vous faire une lettre de recommandation.

— Merci, cela me rassure un peu.

— Vous aurez le gîte et le couvert pour démarrer. Après vous verrez bien si vous voulez rester chez elle ou trouver autre chose.

Elle l'avait vivement remercié. Effectivement c'est une chance, pour démarrer sa nouvelle vie elle aura un logement pour elle et sa fille. Après elle avisera.

Elle avait pu rassurer Jeanne qui l'avait harcelée de questions quand elle lui apprit la nouvelle : Où vas-tu habiter ? Comment tu vas gagner ta vie ? Faustine avait réponse à tout mais Jeanne était désespérée, leur amitié est irremplaçable. Elles ont promis de s'écrire et de se voir pendant les fêtes de temps en temps. C'est une bien maigre consolation pour Jeanne.

Faustine doit maintenant expliquer sa décision à ses parents. Eux aussi sont bouleversés et chagrinés par ce départ brutal, même si Lyon n'est pas loin ; néanmoins ils comprennent et la soutiennent. Sa mère la prend dans ses bras, puis elle serre très fort Josiane. Elle les verra moins, mais si elles sont apaisées et retrouvent la paix c'est mieux comme ça. Ses parents lui garderont ses meubles dans le cas où elle choisirait de revenir. Jeanne l'aide à faire des cartons qui iront rejoindre le grenier de la maison familiale. Elle garde juste le nécessaire qu'elle met dans une valise.

Elle n'a eu aucun mal à trouver un locataire et après avoir conclu le contrat de fermage avec lui chez un notaire, Faustine fait ses adieux à ses amis et à ses parents. Elle promet de revenir vite les voir.

*

Faustine et Josiane arrivent à Lyon un samedi matin par le train, gare Perrache, accompagnées de Jessy, impossible pour Faustine de s'en séparer. La femme qui les attend habite à un quart d'heure à pied de la gare. Elle voit immédiatement le côté pratique pour ses trajets aller-retour vers Pinay. Elles arrivent devant une porte en bois et Faustine sonne. Elles se retrouvent devant une petite femme d'une cinquantaine d'années. Elle les fait entrer tout en les scrutant de la tête au pied. Elle est méfiante et, sans la lettre du curé elles n'auraient jamais pénétré dans l'enceinte de la maison. Faustine ne s'en offusque pas, après ce qu'elle a dû vivre ces dernières années, ce n'est pas étonnant.

— Pour le chien je n'étais pas au courant. Il est propre au moins ?

— Oui, elle est propre et n'aboie jamais. Elle ne causera pas de problème. Vous ne l'entendrez pas.

— J'espère bien, j'ai le sommeil léger depuis ces maudits bombardements, le moindre bruit me fait sursauter. Je veux bien accepter qu'elle reste mais au moindre embêtement elle devra partir.

Faustine est soulagée. Sa vie à Lyon commence donc ici, dans ce grand appartement qui lui est dédié, à l'intérieur d'une maison de ville qui, on ne sait par quel miracle a échappé aux bombardements. La plupart des maisons et immeubles voisins sont en partie détruits et d'autres sont complètement en ruine.

Les routes sont encore peu fréquentées, le paysage avoisinant est désolant pour elle, la grisaille a remplacé ses beaux paysages de campagne. Faustine a une énorme boule dans la gorge mais elle veut réussir. *Je* vais m'y faire, pour Josiane, elle a le droit au bonheur. Peut-être avec le temps, on repartira pour Pinay ou Neulise. Je me laisse déjà un an pour m'acclimater.

Faustine commence tôt le matin pour satisfaire les demandes de Madame Robert ; mais malgré ses exigences, la tâche ici est beaucoup moins éreintante qu'à la ferme. Son travail consiste essentiellement à maintenir la maison propre, les argenteries reluisantes et la préparation des repas. Elle se lève tôt, c'est une habitude qu'elle a gardée. Elle aime profiter du lever du soleil, entendre la nature qui s'éveille. Elle sort, avant que Josiane et sa patronne ne soient réveillées, elle emmène Jessy faire une grande balade près de la Saône. *Quelle brave bête ! Elle reste le seul lien qui nous relie à la ferme.* Elle se promène pendant une heure et elle connaît bientôt tous les quartiers de la presqu'île de Lyon ; elle va régulièrement à l'Eglise Sainte-Blandine, un bel édifice de style néogothique. Chaque semaine elle met un cierge pour le repos de Pierre et prie pour des jours meilleurs. Elle continue son chemin le long du fleuve où des platanes abritent toute une flopée de moineaux, de corneilles et de pies. A leur passage ils s'éveillent en piaillant à pleins poumons. Parfois un pigeon un peu lourdaud s'envole au-dessus de leurs têtes en laissant derrière lui quelques plumes qui virevoltent dans le vent.

Des travaux de reconstruction animent les rues et de nouveaux bâtiments s'élèvent de-ci de-là. Elle croise des travailleurs étrangers qui viennent aider à l'édification de logements qui manquent cruellement aujourd'hui. Ils la saluent d'un signe de la main et repartent dans leurs conversations animées que Faustine ne comprend pas. Elle a besoin de ces instants de solitude car elle a, malgré tout, beaucoup de mal à s'adapter à la ville Ces petits moments lui sont indispensables pour aborder sa journée. Sont-ce ses arbres et ses bêtes qui lui manquent ou est-ce sa liberté d'action ? Heureusement qu'elle a Josiane et sa chienne.

Jessy est plus âgée, aujourd'hui, elle a fêté ses huit ans et passe le plus clair de son temps à dormir. Finalement Madame Robert s'est faite à sa présence, et l'a même prise en sympathie. Les premiers mois elle devait rester dans l'espace qui leur était réservé mais, à l'automne elle l'invita près de la cheminée au salon ; puis naturellement elle eut accès au petit jardin de ville clôturé. Au bout du compte, maintenant, elle a tous les droits. Quand Madame Robert profite des rayons du soleil de l'arrière-saison dans sa chaise longue en toile, Jessy se couche à l'ombre d'un sapin mais jamais très loin. Jessy ne mit pas longtemps non plus à l'adopter, maintenant elle se couche à ses pieds, elle a compris qu'elle a une troisième maîtresse sur qui veiller.

— J'ai eu un chien quand j'étais enfant mais j'ai eu tellement de peine quand il est parti, je n'en avais jamais repris, lui avait confié Madame Robert.

La vie s'est finalement organisée dans cette maison. Faustine et Madame Robert se sont apprivoisées, elles avancent toutes les deux au gré des saisons qui apportent à chaque fois leurs lots de problèmes à gérer ; Josiane, quant à elle se trouve comme un poisson dans l'eau dans sa nouvelle vie.

Elle est scolarisée dans l'école du quartier depuis déjà trois ans. Elle n'a pas eu de difficultés à se faire de nouvelles amies. Son changement de vie ne l'a nullement perturbée. Elle devient coquette, une vraie citadine. Ses cheveux blonds légèrement ondulés demandent beaucoup d'attention. Faustine a abandonné les « anglaises » mais elle passe un bon quart d'heure le matin à la coiffer.

— Doucement tu me tires.

— J'enlève les nœuds, si je les laisse demain tu en auras encore plus.

La séance coiffage finit régulièrement par des pleurs malgré la patience de Faustine.

— Je vais les couper, tu auras tout gagné, finit-elle par dire.

— Non, maman, je ne pleure plus, laisse-les-moi !

Faustine soupire, lui caresse sa petite tête et lui fait un bisou sur le front.

Elle passe une partie de ses gages pour son éducation. Parfois elles parlent de Pierre. Une photo de lui trône sur la table de chevet de Faustine. Elle entretient le souvenir de ce Papa parti trop vite. Quand Josiane rit, Faustine entend Pierre, elle a le même rire que lui en plus cristallin. Faustine lui raconte les bêtises qu'il a faites adolescent, leur rencontre dans un bal et leur mariage dont elle fut si fière. Elle n'hésite pas à lui donner tous les détails de cette belle journée. Elle a une seule photo d'eux en mariés qu'elle garde précieusement. A cette époque ils étaient si heureux ! La peine de Faustine s'est peu à peu atténuée. Elle peut parler de lui plus gaiement quand elle se rappelle quelques anecdotes.

*

Le dimanche Faustine est en congé, maintenant que Josiane est plus grande, elles retournent tous les dimanches à Pinay chez Jeanne ou à Neulise chez ses parents.

Madame Robert garde Jessy ;

— Laissez-là moi, elle va vous encombrer dans le train. Avec moi elle est bien ici. *Quand je pense qu'elle l'avait regardée de travers le premier jour où elle l'a vue. Incroyable ce revirement. Jessy sait vraiment se faire aimer.*

La chienne les regarde partir, elle couine un peu derrière la porte puis elle va se coucher auprès de Madame

Robert. Faustine sait qu'elle va les attendre toute la journée mais c'est plus pratique de la laisser ici.

La maman de Faustine les accueille toujours les bras grands ouverts. Elle est rassurée. Au début la décision de sa fille de partir l'avait inquiétée mais aujourd'hui elle voit qu'elle est plus sereine et sa petite fille heureuse. Elles recommencent une nouvelle vie loin de ces tragédies. Elle espère secrètement qu'elle reviendra mais elle n'en dit rien. Pourvu qu'elles aillent bien toutes les deux, c'est ce qui compte. Faustine voit que son père est fatigué, la douleur de son dos ne s'arrange pas. Sa mère lui a dit qu'il n'y a rien à faire, c'est une vieille blessure qui se réveille régulièrement quand le temps est humide. Elle les voit vieillir doucement. Généralement Faustine et Josiane repartent chargées de victuailles qu'elles partagent avec Madame Robert.

La visite à Pinay est plus euphorique, Faustine se jette dans les bras de Jeanne.

— Enfin te voilà ! lui dit Jeanne

— Tu me manques tellement. J'ai l'impression d'avoir été amputée d'un bras. Je n'ai personne à qui parler. Ces grands moments d'échanges me manquent plus que tout.

Faustine et Josiane embrassent Albert, Jeanne et les enfants. En trois ans Julien a grandi, il va bientôt dépasser sa mère. Marie est devenue une belle adolescente, coquette comme sa maman. Quant à Philippe, le petit dernier, il est très attentionné et veille sur Jeanne, il la quitte rarement des yeux quand ils sont dans la même pièce. Les garçons et Josiane, heureux de se retrouver, ne restent pas longtemps dans les jupes de leurs mères. Ils s'échappent dans les prés alentours. Faustine avait pris soin d'apporter des chaussures confortables pour Josiane. Ses nouvelles tenues ne sont pas adaptées à la campagne.

Marie a pris ses distances, ces jeux ne sont plus de son âge. Les garçons commencent à la regarder et à la courtiser car elle est vraiment jolie.

— Marie a une belle garde-robe, lui dit Jeanne en aparté en souriant.

Elles se souviennent de la sienne qu'elles avaient sacrifiée pendant la guerre pour agrandir les vêtements de Marie et Julien ; mais ce sont malgré tout de bons souvenirs.

— Celle de Josiane n'est pas mal non plus. Elle me ruine, répond Faustine en riant.

Généralement Faustine et Jeanne vont à la messe. Le curé ne manque pas de prendre des nouvelles de son ancienne paroissienne et se réjouit qu'elle se fasse à sa nouvelle condition de vie. Secrètement il avait douté qu'elle y parvienne. C'était un grand bouleversement pour une personne habituée à gérer une ferme. Puis les deux femmes discutent un long moment avec leurs amies, Faustine est contente de les retrouver.

Elle constate que la vie a repris son cours à Pinay. Récemment, René s'est fiancé avec une jeune fille de Vendranges. Tout le village en parle. Il semblerait qu'il ait mis la charrue avant les bœufs mais au fond, tout le monde s'en moque. Ils sont heureux et c'est tout ce qui compte.

Le reste de la journée les deux femmes ne se quittent pas, elles ont besoin de ce contact, trop de choses les relient.

Parfois elles passent devant la ferme de Faustine, tout paraît figé. Malgré l'activité, les bâtiments ne semblent pas bien entretenus. Faustine voit que leur état se dégrade, ce qui la contrarie. Elle avait fait tellement d'efforts pour les rendre habitables et chaleureux. Faustine sait par le voisinage que le paysan peine à joindre les deux bouts. Il a perdu des bêtes, la fièvre aphteuse les a emportées. Faustine est inquiète pour lui. Il a mis toutes ses économies pour démarrer son activité. Au début elle s'est dite : c'est une mauvaise année, moi aussi j'ai perdu quelques bêtes, il fera mieux l'année prochaine. Hélas, les évènements malheureux se sont enchaînés. Depuis elle est soucieuse pour sa ferme qui représente tout son patrimoine, d'autant plus que c'est le deuxième locataire. Le premier est parti suite à de gros problèmes familiaux. Elle a du mal à comprendre. Elle avait su générer une augmentation de ses bénéfices, seule, et en pleine guerre. Qu'est-ce qui ne fonctionne pas ? Elle sait que ce travail est difficile et qu'il demande beaucoup de sacrifices. Est-ce trop pour eux ? Le notaire lui a conseillé de vendre mais elle ne veut pas. Cette ferme la relie à son passé, elle y a eu de bons moments avant et après la guerre. Elle ne peut s'y résoudre pour le moment. Elle remet les choses à plus tard.

*

Finalement Faustine se fait à sa nouvelle vie ; Madame Robert, au début sur la réserve, s'est peu à peu adoucie. Elles se sont confiées leurs malheurs et leurs joies réciproques. Faustine lui a décrit avec passion sa ferme, sa vie avec ses chèvres, toutes les activités difficiles mais tellement gratifiantes, le plaisir qu'elle avait à récolter ses fruits, son miel. Ses matinées chargées le jour du marché mais si riche en échanges. Elle lui raconte son amitié avec Jeanne et lui explique leur vie pendant la guerre, leur décision de cacher les maquisards. Elle occulte l'épisode de Sylvain et elle ne parle pas de Pierre. Madame Robert sait que le mari de Faustine s'est pendu le jour de fête de l'anniversaire de Josiane.

Madame Robert lui confie à son tour sa vie pendant la guerre. Les difficultés d'approvisionnement et sa maison froide et sans lumière. Impossible de trouver du charbon et pas d'électricité. La perte de beaucoup de ses amis et surtout de son mari, Daniel, qui était un partisan. Grâce à tous ces échanges, son rapport avec sa patronne s'est transformé peu à peu en une relation plus amicale.

Un jour Madame Robert revient sur l'arrestation de son époux. Elle ressent le besoin de parler de lui aujourd'hui, c'est la date de son anniversaire.

— Daniel a fait beaucoup de bien autour de lui, avec ses amis ils cachaient les juifs, les aidaient à s'échapper. Pendant deux ans ils ont œuvrés au nez des allemands, mais voilà ! — Il a été dénoncé par un sale type à qui on avait promis je ne sais quel avantage. Il s'est fait arrêté un jour par la gestapo.

Elle lui raconte ce jour horrible, jamais elle n'oubliera — le bruit des freins des voitures qui s'arrêtent devant la maison — des pas de bottes sur le trottoir — les coups sur la porte, et un ordre :

— Ouvrez.

Elle les a vus derrière les carreaux. Elle était pétrifiée. Lui avait compris et il se tenait prêt. Toute résistance était inutile et aurait mis en danger sa femme.

Ils sont partis en emmenant son mari. Elle ne l'a jamais revu ; elle donne alors à Faustine une description de ces trois hommes en uniforme : un petit rouquin avec un regard glacial, un grand balaise moustachu et un petit sec avec une jambe folle. Faustine sursaute, elle pense immédiatement à Sylvain, les dates coïncident mais elle garde ses réflexions pour elle. De toute façon lui confier ses doutes ne changera rien et elle ne veut surtout pas reparler de ce drame avec elle.

Madame Robert lui apprend qu'il est recherché pour être jugé, les deux autres ont déjà été arrêtés et condamnés. Elle suit cette histoire de très près. Les savoir en prison est une piètre consolation mais cela la soulage et elle sera vraiment heureuse quand le dernier sera aussi sous les verrous.

Tant de souvenirs reviennent d'un coup à Faustine.

Elle est sous le choc mais ne dit rien. Elle doit savoir si c'est bien lui. Elle ira à la gendarmerie pour avoir la liste des personnes recherchées. Elle veut en avoir le cœur net.

Trois jours plus tard elle n'en peut plus. Les cauchemars sont revenus chaque nuit perturber son sommeil. Elle se réveille en sueur et fatiguée. Ce drame qu'elle croyait avoir oublié refait surface, comme si c'était hier. Elle se décide et va à la gendarmerie ; Elle pénètre dans une pièce sombre et peu accueillante. Elle cherche du regard la liste officielle des personnes recherchées dans toutes celles qui sont affichées au mur, la voit enfin et lentement la consulte. Pas de Sylvain, elle est soulagée. Elle se dirige vers la sortie.

— Vous avez oublié celle-ci. Surprise elle se retourne, un gendarme moustachu lui montre une deuxième liste, elle ne l'avait pas vue.

— Ah, merci.

Un frisson la traverse. Un mauvais pressentiment s'empare d'elle. Cet inventaire n'en finit pas. Elle arrive vers la fin de la page en apnée et soudain Mon Dieu ! Non ! C'est bien ça Sylvain, c'est lui. Elle blêmit.

— Vous connaissez quelqu'un ? Lui demande le gendarme.

— Non, je croyais mais ce n'est pas lui, répond-elle mal à l'aise.

Faustine attend le soir d'être seule et écrit son mal-être à Jeanne :

Jeanne comme j'aimerais que tu sois près de moi en ce moment ! Tu es la seule à comprendre ce que je ressens. Mon cerveau avait volontairement occulté cet évènement, je n'arrive pas à parler de cette histoire à d'autres que toi, c'est notre secret. Rien que d'y penser c'est déjà un calvaire pour moi. Depuis que Madame Robert m'a rapporté la description de Sylvain, je fais des cauchemars, je le revois derrière moi, puis par terre dans son sang. Quel horrible souvenir. Je veux l'enterrer au fond de ma mémoire à tout ja-

mais. Dois-je en parler à Madame Robert pour lui apporter la paix qu'elle attend ou continuer de garder ce secret ? J'ai peur qu'elle me demande d'en parler aux gendarmes et je ne veux pas. Il est bien où il est. Et puis à quoi cela servirait-il de déterrer tous ces souvenirs ? Il faudrait mettre Albert et les enfants au courant. Je n'en ai pas la force. Je recommence tout juste à être bien ici, avec Josiane. Qu'en penses-tu ?

Faustine mis un peu de temps à récupérer ; Madame Robert a bien vu que quelque chose la tourmentait, mais elle est loin de savoir que c'est l'épisode de l'arrestation de son mari qui l'a à ce point perturbée. Elle sait que parfois des choses que l'on croyait oubliées remontent à la surface, cela lui arrive parfois aussi. Elle évite de lui reparler du passé et le cours de la vie reprend doucement.

Faustine se plaît auprès de Madame Robert et elle souhaite conserver sa place le plus longtemps possible.

Il ne faudrait pas que ce Sylvain vienne à nouveau lui enlever sa sérénité retrouvée. Elle pense avant tout à Josiane. Elle veut pour elle une vie plus douce. Oublier la guerre et ses conséquences, être libres et heureuses, enfin !

*

Une année s'est écoulée depuis l'épisode de la gendarmerie. Le temps passe vite et chasse les nuages. Faustine arpente maintenant les rues de Lyon comme autrefois ses chemins de campagne. Elle fréquente les voisins, les commerçants, converse facilement avec tout le monde.

Aujourd'hui c'est jour de marché. Son jour préféré. Elle aime parler avec les forains, elle les connaît presque tous. Elle a mis son manteau et son écharpe, le froid d'automne s'installe depuis quelque temps. Elle commence ses achats et tout en se promenant dans les allées elle remarque les va-et-vient des gens du voyage. Ils vendent des paniers en osier et proposent de réparer les chaises cassées. Une gitane l'arrête pour lui proposer de lire ses lignes de la main. Faustine refuse et passe son chemin. Plus loin un forain se plaint de leurs manèges.

— Ils vont faire fuir les clients. La dernière fois ils ont pillé toutes les maisons alentours.

Faustine sourit, à la campagne de temps en temps des poules disparaissaient, était-ce un renard ou les gens du voyage ? Peut-être les deux !

Elle rentre tranquillement mais elle voit des mouvements furtifs d'hommes qui semblent chercher quelque chose. Finalement ce forain a fini par lui faire peur. Elle ouvre la porte et n'oublie pas de fermer le verrou. On ne sait jamais !

La journée passe sans incidents, Josiane rentre de l'école, fait ses devoirs et à 19 heures elles mangent tranquillement devant un bon feu de cheminée. Faustine est rassurée. Elle oublie les évènements inhabituels de la matinée. Demain c'est dimanche, Faustine a donné rendez-vous à Jeanne, cette fois-ci c'est elle qui descend sur Lyon. Elle a hâte de lui faire découvrir les quartiers qu'elle connaît sur le bout des doigts maintenant. A vingt-et-une heures tout le monde va se coucher. Jessy suit ses maîtresses. Elle a vieilli mais elle est encore pleine de ressources.

A dix heures, elles dorment profondément. Faustine sourit dans son sommeil, elle rêve de Pierre, de leur belle balade main dans la main. Mais soudain Jessy la réveille par ses grognements. Une angoisse la saisit, sa chienne ne grogne jamais pour rien. Elle comprend que quelque chose de grave se passe. Elle enfile sa robe de chambre et ouvre la porte. Elle n'a pas le temps de parler, Jessy s'est jetée sur une personne habillée tout en noir. Un bruit épouvantable s'en suit, des cris de douleur, des jurons, les lumières qui s'allument. Madame Robert s'est réveillée. Elles se trouvent nez à nez avec un voleur.

— Retenez votre chien, je ne vous ferai rien.

— Il ne manquerait plus que ça ! répond Madame Robert, armée d'une pelle à charbon.

— Laissez-moi partir, s'il vous plaît, je voulais juste trouver quelque chose à vendre pour nourrir mes enfants.

Les deux femmes se concertent du regard. Effectivement cet homme ne leur fait pas très peur. Faustine et Madame Robert en ont vu d'autres.

— Déguerpissez et que l'on ne vous revoit pas, sinon c'est les gendarmes et la prison, lui répond Madame Robert.

Il part sans demander son reste et elles se mettent à rire toutes les trois.

— Bravo Jessy, tu es une brave gardienne. Sans toi la maison se serait peut-être retrouvée vidée d'une bonne partie de son contenu.

— Demain je raconterai cet incident à Jeanne, elle sera fière de toi.

Le lendemain, Faustine n'a rien remarqué de suspect en promenant Jessy, les gens du voyage sont partis. Elles apprennent par le voisinage que plusieurs habitations ont été visitées et dépouillées. Les commerçants mettent Faustine au courant : deux d'entre eux ont été arrêtés pour cambriolage. Madame Robert l'a échappé belle !

*

Jeanne est arrivée comme prévu par le train et Faustine l'attend avec Jessy. Après quelques effusions elles sont allées au bistrot de la gare boire un café et elles mangent un croissant.

— Ils sont presque aussi bons que ceux de Neulise. Tu te rappelles ! Avant de commencer notre marché le mardi matin notre petit café crème et notre croissant ?

— Si je me rappelle ! Comme si c'était hier. On était

jeune et on avait tellement de projets. Toi tu les as concrétisés, tu as une belle famille et ta ferme est en pleine expansion.

— Oui c'est vrai, les deux garçons prendront la suite de leur père, c'est presque sûr et Marie fréquente un jeune du village, on ne s'emballe pas, ils sont très jeunes. Mais toi ? Si tu voulais tu pourrais revenir, j'ai appris que ton fermage va se terminer. Tes locataires n'ont pas bien réussi.

— Oui-mais-vois-tu contrairement à ce que je pensais quand je suis partie, je me suis faite à cette vie citadine. J'ai fait connaissance avec les voisins, ils sont sympathiques et j'ai mes habitudes chez les commerçants du coin. Je vais te faire découvrir cette jolie ville et qui sait, peut-être, que toi aussi tu l'aimeras. Maintenant que tes enfants sont grands tu pourras venir me voir plus souvent. Cela te fera des vacances !

— Oui c'est vrai, un peu de liberté c'est pas mal. Mais je sens que le bruit des voitures et de la foule va me saouler un peu. Une journée de temps en temps pour moi ce sera largement suffisant.

Elles rient et Jeanne caresse Jessy qui a mis sa tête sur ses genoux.

Faustine lui raconte alors leur nuit mouvementée et les prouesses de Jessy. A onze ans elle n'a pas perdu son ouïe, grâce à elle, Madame Robert n'a pas été dévalisée. Quelle chienne formidable !

— Je recommande à tout le monde de prendre un beauceron. C'est un merveilleux compagnon. Bien sûr c'est mieux quand on a un jardin mais si on peut lui donner son exercice quotidien il se plaît partout. Pourvu qu'il soit avec son maître.

— Oui tu as raison, ce sont des chiens bienveillants avec leur maître. Avec toi elle a bien rempli son job ! Elle est ton ange gardien. Je suis tellement contente de te l'avoir donnée ce jour-là.

Elles ramènent Jessy chez Madame Robert. Faustine lui présente Jeanne et elles repartent toutes les deux. Elles arpentent les rues de Lyon toute la matinée. Elles visitent le quartier de Fourvière et pénètrent dans la belle basilique qui trône au sommet de la colline. Elles se recueillent un instant. Elles repartent vers le centre de Lyon et passent devant la rue Mercière où les belles de jour[1] attendent leurs clients. Puis elles arrivent dans un quartier chic de Lyon. De belles boutiques exposent les dernières nouveautés à la mode. Jeanne ne peut s'empêcher de faire quelques achats vestimentaires pour elle et pour Marie. Les essayages vont bon train. Ensuite Faustine lui fait découvrir un bouchon lyonnais[2] qu'elle affectionne tant l'ambiance y est détendue. Elles retrouvent pour une journée un peu d'insouciance, un peu de jeunesse. Jeanne sait que personnellement elle ne profitera guère de ses achats,

---

1 belle de jour : les prostituées étaient surnommées les belles de jour.
2 Bouchon lyonnais : restaurant typique et convivial dans lequel on mange des spécialités lyonnaises comme la cervelle de canut, le tablier de sapeur, les quenelles, etc...

les occasions de faire toilette sont rares et les robes qu'elle choisit bien trop sophistiquées pour la ferme. Mais peu importe, aujourd'hui elle se lâche. Elle a envie d'être belle.

Avant le départ de Jeanne elles organisent leur emploi du temps : une fois par mois Jeanne descendra à Lyon et Faustine la rejoindra à la campagne les dimanches suivants. Elle en profitera pour rendre visite à ses parents qui vieillissent. Elle ressent le besoin de les voir plus souvent. Jeanne prend des nouvelles d'eux chaque fois qu'elle fait son marché à Neulise ce qui rassure beaucoup Faustine. Elle sait que s'ils sont en difficulté elle la préviendra

*

La vie continue ainsi pour Faustine, entre Pinay, Neulise et Lyon. Trois années se sont écoulées et Jeanne ce dimanche a une bonne nouvelle à lui annoncer. Elle a du mal à retenir son impatience, Faustine l'encourage à parler.

— Vas-y, je t'écoute.

— Marie va se marier, tu te rends compte !

— Vraiment, quelle bonne nouvelle ! Tu es contente ?

— Oui finalement elle s'est éprise d'un garçon de Saint-Etienne. Ils se sont fréquentés pendant deux ans et dimanche prochain ils vont se fiancer. Je l'aime beaucoup, il est très gentil avec Marie. La noce se fera l'année prochaine. C'est Albert qui l'a décidé. Il veut la garder encore un peu à la maison, dit-elle en riant.

Faustine est heureuse pour Marie. Cette année elle a dix-huit ans et elle est magnifique, le bonheur lui va si bien. Elle a ces petites étoiles qui brillent dans les yeux quand une femme est amoureuse. Cette nouvelle ramène les deux amies à l'époque où elles aussi étaient jeunes et pleines d'espoir en la vie. Les souvenirs de leurs noces leurs reviennent en mémoire. Elles s'en rappellent comme si c'était hier. Elles rient en se racontant des petits évènements de cette belle journée ; le temps n'efface pas les souvenirs importants.

Albert, un peu jaloux au début a finalement accepté de laisser partir sa fille. Ce garçon lui plaît, il est sérieux. Il a cependant calmé leur impatience

— Vous devez attendre un peu, Marie termine ses études l'année prochaine ; un an passe vite et avec deux salaires vous pourrez mieux vous installer.

Les deux tourtereaux ont accepté ce compromis mais ils vont trouver les mois très longs.

La noce est prévue pour le mois de juillet et bien sûr Faustine et Josiane sont les invitées d'honneur.

Josiane fut toute excitée par la nouvelle mais surtout par la perspective d'avoir une tenue toute neuve à se mettre. Au printemps elles firent les boutiques toutes les deux et les essayages commencèrent. Elles ne firent pas moins de dix magasins pour enfin dénicher une tenue qui plaise à Josiane. Mais c'est vrai, Faustine doit l'avouer, elle lui va parfaitement. Jeanne trouva également une très jolie robe quand elle vint sur Lyon. Marie a repéré sa robe de mariée dans une boutique de Saint-Etienne. Elle lui raconte les essayages et l'angoisse de la vendeuse quand elle la voit arriver, tant ses exigences sont grandes.

— Quand tu la verras ! Une splendeur cette robe. Et Marie dedans j'ai l'impression de rêver. Elle a tellement grandi.

Ce fut une belle noce, sans fausses notes ; même le temps fut avec eux. Le vin d'honneur se fit dehors autour de tables dressées pour l'occasion. Le champagne coula à flot. Effectivement, Albert avait fait les choses en grand. Il ne cachait pas sa joie. Il entama la première danse avec sa fille puis il laissa sa place à son gendre et invita Jeanne à prendre la suite dans ses bras.

Josiane et Philippe s'en donnèrent aussi à cœur joie. De vrais adolescents. Ils firent une danse tous les deux, ce qui ne manqua pas de relancer les débats sur un futur mariage. Faustine et Josiane dormirent à la ferme dans la chambre de Marie devenue libre. Le lendemain elles restèrent pour manger les restes du banquet puis elles rentrèrent sur Lyon presque à regret.

*

Un an après la noce Jessy est partie. Une tumeur l'a emportée, elle n'a pas souffert longtemps ; le vétérinaire est venu et elle les a quittées doucement pour le paradis des chiens ; Faustine fut dévastée, sa chienne tant adorée, sa complice depuis toujours, elle va devoir tourner une page, encore une. Elles furent bien tristes toutes les trois. Une croix trône au fond du jardin et

Faustine a planté un joli rosier au pied de la tombe ; à chaque floraison c'est Jessy qui leur fait un clin d'œil.

Quatre ans se sont écoulés, aujourd'hui Faustine à 45 ans. Pour l'occasion elle a pris sa journée. Elle veut profiter de cette petite liberté pour amener Josiane au restaurant dans un bouchon Lyonnais. Faustine propose à Madame Robert de se joindre à elles, sortir lui fera du bien. Elle a vieilli, maintenant elle s'aide d'une canne pour se déplacer. Madame Robert, qui s'est attachée à elles, pense souvent que la venue de Faustine et de Josiane a été une grande chance. Elle ne supporterait pas de les voir partir. Elle ne se considère plus comme une patronne mais plutôt comme une tante. La seule chose qui lui rappelle leur position c'est les gages qu'elle lui verse à la fin du mois. Elle n'a aucune famille, Faustine et sa fille sont les seuls êtres qu'elle côtoie au quotidien. Bien sûr il y a les personnes de la paroisse, mais elle n'a aucune amie proche.

Après le bouchon, elles font un tour dans le quartier de la Croix Rousse. C'est si beau et tellement animé. Elles passent devant une bijouterie, Madame Robert leur demande d'entrer. A l'intérieur elle insiste pour offrir à Faustine une montre. Elle lui en choisit une avec un bracelet doré. C'est le premier bijou que Faustine reçoit depuis la mort de Pierre. Elle est très émue et en même temps embarrassée, elle a vu le prix et celui-ci est plus élevé qu'un mois de gage. Elle lui dit tout bas :

— Comment vous remercier ? C'est beaucoup trop.

— Je n'ai personne à gâter à part vous et les chats du voisinage ! Je n'emporterai pas mon argent dans ma tombe et cette année je sens qu'elle se rapproche.

— Ne dites pas de bêtises, vous avez encore de belles années devant vous.

Elles profitent de cette belle journée ensoleillée en se promenant le long de la Saône et rentrent tranquillement à la maison. Madame Robert, morte de fatigue, se laisse tomber dans son fauteuil. Faustine lui prépare une infusion ; malgré son jour de repos elle lui cuisine une collation pour le dîner. Elle sait que Madame Robert en sera incapable. Après s'être sustentée celle-ci prend congé en remerciant Faustine de l'avoir invitée à sa sortie d'anniversaire.

— Je n'aurai pas pu vous laisser toute seule ici, vous faites partie de notre vie depuis toutes ces années.

C'est justement cette réflexion qui anime Madame Robert depuis quelque temps Elle pense à la suite, après sa mort, que deviendra sa maison ? C'est une maison de famille, elle l'avait reçue de ses parents. Elle aimerait que Faustine y reste avec Josiane. Elle sait qu'elle en prendra soin et plus tard elle irait à Josiane qu'elle affectionne particulièrement. Elle l'a vue grandir et évoluer. C'est une jeune fille sérieuse et bien élevée et son avenir professionnel s'avère tout tracé, elle veut être vétérinaire. Nul doute qu'elle va réussir. Elle a toujours eu une bonne scolarité et elle aime habiter en ville, même si de temps en temps elle va à la campagne avec sa mère. Elle sent que c'est pour lui faire plaisir et revoir ses amis. Elle serait bien ici. Toute à ses méditations elle a appelé son notaire pour voir avec lui ce qu'il est possible de faire.

Elle a rendez-vous en fin de semaine ; elle arrive « clopin-clopant », sa jambe la fait souffrir aujourd'hui. L'arthrose s'est installée et fait des ravages dans ses articulations. La secrétaire la fait patienter dans une petite salle d'attente. Elle prend place dans un fauteuil confortable tout en réfléchissant encore à ce qu'elle va lui demander. Le notaire arrive enfin et la fait entrer dans son bureau. Elle est un peu intimidée par la grandeur des lieux.

— Bonjour Madame Robert, qu'est-ce qui vous amène ?

— Bonjour Maître, voilà, depuis quelque temps, je sens que je dois mettre les choses en ordre pour ma succession. Comme vous le savez, je n'ai pas d'héritiers. La maison me vient de mes parents et j'ai de l'argent plus qu'il ne m'en faut. Je souhaiterais faire un testament. Bien sûr je ne vais pas oublier la paroisse et mes amies les bêtes mais dans ma vie il est entré Faustine et Josiane. Elles sont avec moi depuis de nombreuses années et elles ont fait plus que me servir. Elles ont rempli ma vie de bonheur et de joie. Que serais-je devenue sans elles ? Je me souviens de ce jour comme si c'était hier. Elles aussi étaient tristes, Faustine venait de perdre son mari dans des circonstances dramatiques et la petite son père. Je les ai accueillies sur les références de leur curé, au début à reculons, je dois bien le dire. Puis, petit à petit, nous avons échangé et j'ai constaté que nous avions tellement de choses en commun. Elle est devenue ma confidente, puis ma soignante en plus de me servir, sans jamais se plaindre une seule fois. J'aime profondément Josiane, je l'ai vu évoluer dans cette maison depuis qu'elle est toute petite et je sais qu'elle aime ce quartier. Elle y a tous ses amis.

— Je comprends, mais il n'y a pas d'urgence.

— Malheureusement si, j'ai vu le médecin dernièrement, il m'a trouvé un problème au cœur. J'ai mal quand je fais des efforts et je suis souvent essoufflée.

— Ah ! Alors je comprends cette initiative. Et puis cela ne vous engage à rien ; il faut que vous sachiez que si vous changez d'avis vous pourrez toujours annuler ce testament et en refaire un autre. Vous avez déjà pensé à quelque chose ? Avez-vous des liens de parenté avec elles ? Nous allons voir ensemble ce qu'il est possible de faire.

Madame Robert lui expose ses volontés.

— Je veux que la maison revienne à Josiane mais que Faustine ait la jouissance de l'appartement qu'elles occupent aujourd'hui jusqu'à la fin de ses jours. Je souhaite également lui léguer une partie de mon argent. Elle aura ainsi un bon départ dans la vie, elle le mérite.

Elle veut devenir vétérinaire, ce qu'elle fera même sans mon aide. Mais parfois un petit coup de pouce du destin peut aider à démarrer plus vite. Pour le reste, je vous laisse faire une répartition honorable entre la paroisse et une association pour les animaux.

— Très bien, je m'occupe de rédiger votre testament et je vous l'apporterai vendredi prochain pour la signature.

— Merci Maître, j'avais besoin d'être rassurée à ce sujet.

*

Madame Robert l'avait pressenti, elle s'est éteinte deux ans plus tard, à l'âge de soixante-six ans, une nuit dans son sommeil, un sourire sur les lèvres. Sans doute a-t-elle vu son mari qui l'attendait au bout du tunnel.

Faustine et Josiane ont versé toutes les larmes de leurs yeux. Elle eut une cérémonie magnifique, ses amies de la Paroisse lui avaient préparé un très bel hommage.

Après l'enterrement, Faustine s'apprêtait à retourner à Pinay. Pas le choix, elle n'a plus de patronne et elle s'attend à voir débarquer un héritier un jour ou l'autre, même si aux funérailles elle n'a vu personne à part ses compagnes de la paroisse. Madame Robert ne parlait pas de sa famille. Faustine ne lui en connaissait pas. Peu importe, elle verra bien mais elle commence à s'y préparer. Josiane n'a pas complètement fini son cursus scolaire, elle devra lui trouver une location en attendant. Elle a encore un peu de temps pour y réfléchir. Le plus important c'est de savoir où aller maintenant. Retourner à Pinay ou rester à Lyon. Elle a le choix, mais elle n'arrive pas à se décider.

Une semaine plus tard, elle reçoit un courrier du notaire de Madame Robert. Elle l'a vu une fois, il y a deux ans, il était passé voir Madame Robert et s'était longuement entretenu avec elle. Après cette visite Faustine avait trouvé Madame Robert soulagée, comme libérée d'un poids, mais, jamais, elles n'avaient parlé ensemble de cet échange. Elle est convoquée pour la lecture du testament de la défunte. Faustine est étonnée et très touchée qu'elle ait pris des dispositions à son égard. Elle s'attend à recevoir un objet ou ses livres qu'elle aimait tout particulièrement.

Le vendredi matin, quand Faustine pénètre dans le bureau elle est impressionnée, comme Madame Robert, deux ans auparavant. Le lieu est grand, froid et elle se sent bien seule à l'intérieur, un peu perdue. Elle est mal à l'aise face à l'homme qui se trouve derrière ce grand bureau.

— Bonjour Madame. Comment allez-vous ?

— Bien, mais nous sommes tristes avec ma fille, nous ne savions pas Madame Robert aussi malade. Elle ne se plaignait jamais. Certes, j'avais vu qu'elle allait plus souvent chez le médecin et qu'elle était essoufflée, mais elle était encore jeune ! Enfin, c'est comme ça. Maintenant qu'elle nous a quittées, je sais que nous devons partir, j'ai commencé à rassembler mes affaires. C'est pourquoi je suis ici ? L'héritier vous a contacté ?

— Pas du tout, Madame Robert n'avait aucun héritier. Comme je vous l'ai écrit elle vous a couché sur son testament. Enfin, je veux dire qu'elle a pensé à l'avenir de votre fille Josiane en particulier. D'ailleurs, je la verrai également prochainement.

— Je ne comprends pas, vous pouvez m'expliquer ?

— Voyez-vous j'ai reçu Madame Robert il y a deux ans, elle se savait condamnée. Son cœur était malade. La seule chose qu'elle possédait c'était sa maison qui lui venait de sa mère et elle y tenait énormément.

— Je comprends, je suis moi-même très attachée à un bien qui me vient de ma grand-mère.

— Oui, Madame Robert m'a raconté votre histoire. Elle vous a accueillies peu de temps après ce drame affreux qui a frappé votre famille. Au début « à reculons », ce sont ses propres mots, puis, pour elle, votre présence fut une bénédiction. Elle avait peur de vous perdre, que vous repartiez un jour, elle s'était profondément attachée à vous et surtout à votre fille Josiane qu'elle a vue grandir. Elle a fait un testament pour votre fille, elle lui lègue la maison. Elle lui revient, cependant vous gardez la jouissance de l'appartement que vous occupez actuellement avec elle jusqu'à la fin de votre vie. Elle percevra également une grosse somme d'argent.

— J'ai du mal à comprendre, je n'avais aucun lien de filiation avec elle. Certes, nous étions devenues amies mais est-ce suffisant ?

— Oui, c'est légal et c'est sa dernière volonté.

Faustine est sous le choc, ce testament est inespéré. Josiane va pouvoir finir ses études à Lyon sans se soucier des dépenses quotidiennes. Elle retourne abasourdie dans cette maison qui leur appartient maintenant. Un peu désemparée au début, elle arpente les pièces toujours en locataire, elle ose à peine se servir dans les placards, elle a l'impression de prendre quelque chose qui ne lui appartient pas. Elle est persuadée qu'un jour quelqu'un va frapper à la porte pour réclamer son dû. Elle a contacté Jeanne et sa mère pour leur expliquer la situation, elles aussi sont étonnées mais en même temps elles sont ravies pour Josiane. Faustine a eu raison de partir pour Lyon ce jour-là. Au-delà de toutes ses espérances elle a offert à Josiane un avenir prometteur et heureux.

DEUXIÈME PARTIE

William s'est levé aux aurores ce matin. Impossible pour lui de dormir plus longtemps, aujourd'hui nous sommes le 9 juillet 2015 ; il attend le résultat de son examen BTS agricole. L'académie doit le mettre en ligne. Ce sésame est important, la réussite lui ouvre droit à des aides de l'Etat pour son installation. Il a tellement travaillé pour l'obtenir. Neuf heures, toujours rien, le réseau est saturé, la page inaccessible. S'il n'accède pas très vite sur le site il va exploser. Premier coup de téléphone de sa mère :

— Alors ? Tu l'as ?

— Je n'sais pas, je n'arrive pas à me connecter.

— Ah, je vais essayer de mon côté.

Florence suit la procédure mais elle aussi fait chou blanc. Deux heures plus tard, nouveau coup de téléphone de Florence à son fils.

— Toujours rien ?

— Non, je t'aurai appelé, répond-il agacé.

— Tu veux que je t'amène au lycée, ils ont dû afficher les résultats ?

— Carrément, je n'en peux plus d'attendre ici, je vais devenir fou.

— J'arrive.

Florence qui travaille à dix minutes de chez elle signale son départ à son patron et court jusqu'à sa voiture. Elle est très émue et ses gestes sont maladroits. Elle fait tomber ses clés de voiture et peste : *Ce n'est pas le moment !* Elle démarre et roule jusqu'à son domicile où William l'attend. Dès qu'il l'aperçoit il se précipite à l'extérieur. Son visage est fermé. *Inutile de lui parler, son humeur est exécrable*, pense-t-elle. Elle roule le plus calmement possible en ignorant les remarques agacées de son fils sur les conducteurs qui n'avancent pas assez vite à son goût. « Quelle tâche, il l'a eu où son permis de conduire ? ou bien ils se sont tous donner le mot aujourd'hui, personne n'avance » Florence arrive enfin au lycée.

— Vite, arrête-toi là s'il te plaît.

Elle le dépose devant l'entrée et continue son chemin. Le hall est envahi de lycéens qui attendent. Visiblement William n'est pas le seul à ne pas avoir pu accéder aux fameuses listes. Elle va se garer, puis elle l'attend loin de l'agitation. Inutile d'ajouter son stress à celui de son fils. Un quart d'heure plus tard, qui lui paraît une heure, elle le voit enfin courir avec un sourire rayonnant ; *Ouf, c'est fait* pense-t-elle.

Elle comprend combien c'est important pour lui. Depuis son plus jeune âge, William sait ce qu'il veut faire. Il veut être agriculteur, au contact de la terre. Ses parents pensaient qu'il changerait d'avis. Pour les vacances d'été ils lui trouvaient du travail de ramassage de fruits ou d'autres besognes très difficiles pour un jeune homme peu habitué au travail manuel, mais rien ne le fit changer de direction. Il s'est inscrit dans un lycée agricole et il y a fait tout son cursus. Ses parents l'ont vu s'épanouir au gré des années et des stages qu'il faisait chez les agriculteurs. Il a essayé plusieurs filières dans des fermes différentes : il a testé l'élevage des vaches laitières, des porcs, des chèvres, des volailles, l'arboriculture puis le travail dans les vignes.

Son choix s'est arrêté cette année. Il élèvera des chèvres et transformera son lait en fromage. Il est tombé sous le charme de ces bêtes, de leur caractère parfois têtu comme lui. Il en rêve déjà, il se voit au milieu de son troupeau avec son chien. Il s'imagine dans son laboratoire, dans sa ferme, enfin dans sa nouvelle vie, celle dont il rêve depuis qu'il est enfant. Aujourd'hui il la touche des doigts. Quel bonheur !

*

En attendant, après les effusions, les félicitations et la fête, le chemin sera encore long et difficile pour son installation. Il va devoir convaincre les banques, il est très jeune pour être chef d'entreprise. Ensuite trouver

« La Ferme », celle pour laquelle il aura un véritable coup de cœur. Il compte aller sur le site de la SAFER (1) pour consulter leurs offres mais aussi prendre conseil auprès de Noémie, sa chérie, celle qui va l'accompagner dans son projet et qui s'installera avec lui.

(1) SAFER Société d'aménagement foncier et d'établissement rural

Tous les deux se sont connus au lycée professionnel, ils ont la même envie de vivre au grand air. Les bureaux et les entreprises ce n'est pas pour eux. Elle a choisi d'élever des ânesses pour transformer le lait en savon et en produits de beauté. Son séjour chez une agricultrice l'a conforté dans son choix. Elle a autant d'attente que William, et cette adrénaline les porte. Il lui reste un an d'étude, elle passera son BTS l'année prochaine, mais elle pourra néanmoins déjà se projeter avec lui.

William et Noémie habitent dans le département de la Loire, ils souhaitent y rester, ils y ont toute leur famille et leurs amis. William fait et refait l'inventaire des offres de la SAFER. Rien – ou trop cher. Il prospecte alors les agences immobilières du coin qui vendent aussi des fermes avec du terrain mais toujours rien ou pas dans ses moyens. Son impatiente est mise à rude épreuve. Sa mère le rassure :

— Tu commences tout juste à chercher, et juillet n'est certainement pas la meilleure période pour les transactions.

— Oui, je sais, mais je ne pouvais pas faire mes recherches avant. J'avais bien consulté internet plusieurs fois mais heureusement je n'avais rien vu qui me plaisait, je ne pouvais pas m'engager avant l'obtention de mon examen. Sans les aides c'est presque impossible de s'installer correctement. J'ai décidé de faire des « flyers » pour booster ma recherche. Je vais commencer la distribution par les mairies, puis je viserai les commerçants et enfin si cela ne débouche sur rien j'en mettrai dans les boîtes aux lettres.

— Tu as raison, je peux même aller te les imprimer si tu veux.

— D'accord je m'y mets cette après-midi. Noémie pourra m'aider. Elle est douée en dessin et elle apportera une petite touche féminine à notre annonce.

Sa mère est admirative, il en veut vraiment. Il finira par trouver quelque chose c'est sûr. En attendant il peut prendre un peu de repos, cela ne lui fera pas de mal, il a tellement donné cette année. Pour sa réussite ses parents lui ont fait une surprise. Ils ont choisi une location au bord de la mer où il pourra aller avec Noémie. Ils vont pouvoir décompresser ; de plus quand ils auront enfin trouvé ce qu'ils recherchent, ils pourront faire une croix sur les vacances pendant quelques années.

*

Tout le mois de juillet, William et Noémie, ont arpenté la campagne avoisinante pour leur recherche sans succès. Le mois d'août s'est écoulé et William et Noémie sont revenus tout bronzés de leur séjour à la mer. Noémie a abandonné les recherches, elle fait confiance à William ; le lycée reprend bientôt, elle doit se concentrer sur ses études. William s'est reposé et maintenant il est plus détendu quand il parcourt les rues des villages. Il n'hésite pas à discuter avec les gens pour parler de sa recherche.

Finalement au mois de septembre il reçoit plusieurs coups de téléphone. Il prend des rendez-vous pour des visites ; si une ferme plaît à William ils feront une contre-visite avec Noémie. Il en voit trois mais il n'a pas franchement de coup de cœur. Il est de nouveau déçu. Dans son budget les produits que les agences lui proposent sont décrépis avec énormément de travaux. Le soir il parle de ses recherches avec ses parents et

Noémie ; de nouveau tous les deux se désespèrent. Vont-ils trouver un endroit pour s'installer dans le département ? Ils envisagent d'étendre leur recherche dans le Rhône ou l'Isère mais cela leur coûterait ; toute leur vie est dans la Loire : leurs parents, leurs amis et leurs contacts professionnels ; bref tous leurs repères. A leur âge c'est rassurant.

Au mois d'octobre, un notaire de Roanne l'appelle.

— Bonjour, Maître Rambaut, j'ai eu votre « flyer » concernant votre recherche pour une ferme dans ma boîte aux lettres. Il se trouve qu'une de mes clientes possède un bien qui pourrait peut-être vous intéresser si vous ne l'avez pas encore trouvé.

— Non, effectivement, je cherche encore.

— Vous pouvez passer me voir rapidement ?

— Quand vous le désirez Maître, je suis disponible, je me consacre totalement à mon projet.

— Passez en fin d'après-midi, mon dernier rendez-vous est à dix-huit heures, je vous propose dix-huit heures trente. Cela vous convient ?

— Très bien, merci.

William est surexcité, il ne sait rien, ni le lieu, ni le prix, il doit attendre tout l'après-midi. Le temps va lui paraître interminable. Il décide de se plonger dans les annonces de ventes de troupeaux de chèvres. Après tout, on ne sait jamais si c'est la bonne, il faudra aller vite après la visite.

Il se rend à Roanne, chez Maître Rambaut. Le cabinet est en plein centre. Il décide de se garer sur le port, marcher lui fera du bien. Il arrive en avance et tapote sur son téléphone en attendant son tour. Enfin la secrétaire le fait entrer, il était temps !, il n'avait plus rien à consulter sur sa messagerie pour l'occuper.

— Asseyez-vous, lui dit le notaire. William se retrouve assis en face d'un homme d'une cinquantaine d'année aux allures posées et il lui parle sur un ton sympathique.

— Vous êtes très jeune !

— J'ai eu vingt ans cette année.

A cet instant, le notaire doute de la faculté pour une personne aussi jeune de gérer une exploitation, mais, il veut l'écouter et lui propose de lui parler de son projet. William lui expose alors son parcours, ses motivations, son besoin d'une petite ferme pour un élevage de chèvres. Il n'a pas de gros moyens financiers, il souhaite évoluer tranquillement. Cependant il a besoin d'au moins dix hectares pour se verser un petit salaire. Après un long silence de part et d'autre le notaire lui explique enfin ce que sa cliente propose.

— J'ai quelque chose. Un bien un peu moins grand mais je sais que des terrains autour sont en location. Cependant ce bien est en fermage. Vous connaissez le principe ?

— Oui, ce n'est pas tout à fait ce que je recherche, je voulais investir.

— Réfléchissez, le bail sera actif tant que la propriétaire sera en vie, ensuite il sera en vente et vous serez alors prioritaire pour acheter.

— Excusez ma franchise mais cette dame à quel âge ?

— Quatre-vingt-quatorze ans, elle vit actuellement dans un EPHAD sur Lyon.

— Ah et où se trouve ce bien ?

A Pinay, vous connaissez ?

— Oui, j'ai de la famille sur Saint-Jodard.

Un nouveau silence puis William dit :

— Ecoutez, sincèrement, je ne vous dis pas non, mais j'ai besoin de réfléchir. Vous comprenez ?

Non seulement le Notaire comprend mais en plus il est rassuré. Ce jeune a la tête sur les épaules.

— Je vous laisse une petite semaine. Si vous êtes intéressé nous organiserons une visite avec la fille de la propriétaire.

William sort de l'étude un peu abasourdi, il ne s'attendait pas du tout à ce genre de proposition. Il n'avait jamais envisagé une location. Il rentre en parler avec ses parents. Florence, contrairement à son fils, voit tout de suite l'intérêt d'un tel avant-projet. Il pourra se conforter un peu plus dans cette volonté d'être agriculteur à plein temps et il verra si son projet est viable. Elle le dit à son fils :

— En effet ce n'est pas ce que tu veux mais, néanmoins, cela demande réflexion. A ta place j'irai voir le bien. S'il ne te plaît pas le sujet est clos et, si tu as enfin le coup de cœur escompté réfléchissez avec Noémie, cette dame est très âgée et il est fort probable qu'elle ne sera plus là d'ici cinq à six ans, peut-être même avant. Cela vous laisserait le temps de démarrer tranquillement, sans la pression du remboursement d'un prêt, et de voir si tu t'en sortirais toi déjà avec les chèvres.

La nuit portant conseil, William décide d'attendre le lendemain pour prendre sa décision. Il en parle avec

Noémie mais sans s'étendre plus que ça sur le sujet. Il ne dort pas beaucoup cette nuit-là. Il pèse le pour, le contre, fait ses comptes dans sa tête.

Enfin, vers neuf heures il se décide et rappelle le notaire. Celui-ci l'invite à venir prendre les clés s'il veut s'y rendre rapidement ; la fille de la propriétaire est absente toute la semaine mais il pourra se débrouiller tout seul. Il le prévient que le logement est inhabité depuis plusieurs années. Toutefois, s'il préfère il peut attendre son retour. Il lui annonce que des travaux de rafraîchissement seront à prévoir. William est de plus en plus impatient et curieux. Il part chercher les clés et l'adresse du bien.

*

A onze précises il arrive devant une ferme en pierre. A l'entrée se trouvent deux énormes tilleuls qui commencent à perdre leurs feuilles. Il pénètre dans la cour. Le bâtiment est en U, comme beaucoup dans la région.

Cette implantation permet de se protéger contre les vents.

Il est sous le choc, c'est « Elle », enfin ! Je l'ai trouvée. Il pénètre dans l'écurie qui est parfaite pour l'élevage de chèvres, il en fera sa chèvrerie. Cependant des mises aux normes seront nécessaires. Puis il se dirige vers la maison. La porte s'ouvre sur une grande pièce où trône une énorme cheminée en pierres. Un seul coup d'œil lui suffit, il se voit déjà au coin du feu le soir avec Noémie. Effectivement, il faudra au moins refaire les peintures dans des tons plus actuels. Mais elle est habitable en l'état. Il regarde par les fenêtres, il est séduit par la vue magnifique qui donne sur les monts du forez. Plus tard, si elle est à nous, d'autres travaux seront à prévoir pour la moderniser. Il faudra agrandir les ouvertures pour faire rentrer plus de lumière, mais ceci pourra attendre. Il sort voir les terrains ; le notaire lui a donné un plan sur lequel sont indiquées les limites de propriété. Il inspecte les prés, il doit éviter des touffes de mousserons tant il y en a. Les terrains sont sains, ils n'ont pas été en contact de produits chimique depuis plusieurs années. A chaque pas une multitude de sauterelles bondissent et se posent un peu plus loin. Il y a longtemps qu'il n'en avait pas vu autant. Il s'arrête un instant à l'entrée d'un verger. Les arbres sont vieux mais encore productifs. Les fruits n'ont pas tous été ramassés. Il s'approche d'un pommier, prend une pomme et croque dedans à pleine dents. Elle est succulente. Rien à voir avec celle du supermarché !

Au loin, il aperçoit un homme qui vient vers lui. William va à sa rencontre et se présente.

— Bonjour, je m'appelle William. Je suis venu visiter la ferme. Elle est en fermage et je viens de finir mes études d'agriculteur.

— Julien, je suis le voisin, la ferme plus bas, vous voyez ?

— Oui je vois. Vous êtes dans quel secteur d'activité ?

— Elevage de vaches laitières de père en fils, aujourd'hui avec mon frère Philippe nous sommes en GAEC. Mais je suis à la retraite, j'ai passé doucement la main à mon fils.

— Savez-vous si des terrains sont en location, il me faudrait au moins dix hectares pour commencer ?

— Oui, les terrains plus bas qui vont jusqu'à la route sont à un agriculteur à la retraite. Je peux vous conduire à lui si cela vous intéresse.

— Maintenant ? On ne va pas déranger ?

— Non, c'est l'heure de l'apéro. Le meilleur moment pour faire des affaires !

Ils rient tous les deux et se dirigent chez l'homme en question.

— Bonjour Daniel, je viens avec peut-être ton futur voisin, William.

Il ne répond rien, se contente de les regarder en serrant la main de Julien et celle de William tout en le toisant un instant ; puis il sort une bouteille de rosé de Côtes-du-Forez. Effectivement ils font l'apéro, ils burent un verre, puis deux. William n'a pas trop l'habitude mais il fait bonne figure. L'homme au début sceptique, se détend en écoutant le discours de ce jeune qui veut devenir agriculteur.

— C'est une sacrée coïncidence ! Vous avez choisi d'y élever des chèvres comme la propriétaire et la plupart des fermiers qui l'ont exploitée. C'est aussi une aubaine, vous n'aurez pas de grosses transformations de bâtiments à faire tout de suite.

— J'aurai dû rencontrer sa fille mais elle est absente toute la semaine.

— Effectivement, Josiane est en cure. Elle revient en fin de semaine. Je la connais très bien, répond Julien. Nos mères étaient comme deux sœurs, toujours ensemble jusqu'au départ de Faustine pour Lyon, mais elles n'ont jamais cessé de se voir.

— Pourquoi a-t-elle quitté sa ferme ?

— Je n'ai pas toutes les réponses, mais je sais qu'un

drame l'a décidé à partir. Si elle le veut elle vous en parlera mieux que moi. Je vous laisse à vos transactions, j'ai du travail qui m'attend. Je dois couper du bois pour chauffer la maison, le froid ne prévient pas quand il arrive.

William reste seul avec l'homme. Celui-ci lui parle de la ferme et de tous les locataires qui se sont succédé.

— J'espère que vous aurez plus de chance que les autres occupants. Aucun n'a réussi à faire prospérer cette ferme depuis que Faustine est partie.

— Ah bon ! Il y a eu combien de locataires ?

— J'en compte quatre qui sont restés une quinzaine d'années, et encore même pas et deux seulement deux ans.

— C'est intriguant, vous savez pourquoi ?

— Les premiers ont perdu un bébé et la femme est tombée gravement malade ; j'étais enfant. J'ai entendu mon père dire qu'il ne pouvait pas continuer tout seul.

Ils sont partis et la ferme est restée longtemps sans personne.

— C'est triste mais ça arrive malheureusement.

— Oui. Le deuxième est arrivé plein d'espoir ; cette fois-ci j'ai connu son fils, il allait à l'école avec moi. Au début il était joyeux mais à la fin il était différent, prostré, je n'ai jamais compris pourquoi. Une année leur cheptel de moutons fut anéanti par un virus. Il a fait faillite.

— Que sont-ils devenus ?

— Je ne sais pas, le père a cherché du travail et ils ont déménagé, on ne les a jamais revus ; puis deux couples ne sont pas restés longtemps, j'ignore la raison. Les anciens disaient que le travail leur faisait peur !

L'agriculteur remet une tournée de vin, William n'ose pas refuser mais il ne le boira pas tout, il doit reprendre la route. L'homme se remet à parler et William écoute, c'est toujours intéressant de connaître l'histoire d'une maison.

— Le travail est rude, heureusement aujourd'hui on dispose de matériel qui permet d'alléger la charge. Mais on y passe quand même tout son temps, moi-même je ne suis jamais parti en vacances.

Quant aux cinquièmes, personne ne savait rien d'eux. Ils n'étaient pas bavards. Ils restaient cloîtrés chez eux, ne laissaient rentrer personne, ils n'allaient pas à l'église, ils ont fini par partir sans prévenir. C'est les voisins qui ont été alertés par les cris du chien. Ils l'avaient laissé attaché à une chaîne.

— Et les sixièmes ?

— Ceux-là sont resté un peu plus longtemps, je suis allé chez eux quelques fois. Ils avaient fait des travaux. Ils m'avaient montré leur buanderie, cette pièce agrandit la maison, c'est plutôt bien. Le mari était anxieux. J'ai senti que quelque chose le perturbait. J'ai essayé de savoir quoi ; à la campagne on est solidaires, je voulais les aider mais il ne s'est jamais confié. Le curé est passé les voir plusieurs fois, ce n'était pas rare, il allait souvent chez ses paroissiens. Finalement eux aussi ont manqué de chance dans leurs affaires, les ennuis se sont succédés, moins graves que pour les autres mais néanmoins je crois qu'ils ont fini par baisser les bras. Notre métier est difficile et usant, ils n'étaient peut-être pas faits pour ça.

Les deux hommes discutent encore un long moment : de l'histoire du village, du climat parfois un peu venté car Pinay est sur un plateau. William est content, les deux futurs voisins sont plaisants. Il reste à se mettre d'accord sur les différentes locations : la ferme et les terrains. William accepte rapidement le prix pour les parcelles qui l'intéressent puis il prend congé. Tous les deux se serrent la main.

*

Il retourne seul dans les bâtiments, satisfait de cet échange imprévu. Il fait des photos, prend des mesures. Sur une feuille, il dessine un plan des pièces de l'habitation. Il a hâte d'en parler avec Noémie mais elle ne quitte pas le lycée avant dix-sept heures. Il appelle sa mère sur « Skype », il a besoin d'échanger avec quelqu'un. Florence décroche rapidement. Ses parents aussi sont impatients, le projet de leur fils leur tient à cœur. Il est parti tôt ce matin et depuis pas de nouvelles.

— Enfin, j'avais hâte de t'avoir au téléphone. Le verdict ? Elle te plaît ou pas ?

— Si elle me plaît ? Je l'adore !

Tout en lui parlant il filme la ferme, elle visualise les images et elle sait à l'intonation de la voix de son fils que ce sera celle-ci. Elle est séduite aussi par les bâtiments, ils ont l'air en bon état. Reste à savoir quelles seront les conditions du bail.

Il lui parle de ses futurs voisins qu'il a rencontrés mais il faut rester prudent, ne pas s'emballer trop vite, la location n'est pas encore conclue. Il lui montre les alentours, les terrains existants et l'extension possible.

C'est trop tard pense-t-elle, *si l'affaire ne se fait pas il sera très déçu*. Ils échangent encore un peu et il raccroche. Il doit retourner chez le notaire pour rendre les clés à l'accueil. Il appelle avant pour prévenir et demande à parler à Maître Rambaut si cela est possible.

— Il vient de terminer avec un client, je vais voir s'il peut prendre la communication.

Le notaire décroche, William lui explique sa visite et l'extension possible qu'il a vue avec un voisin.

— Je suis très intéressé, je pense que ma conjointe le sera aussi, si vous pouvez me donner une date pour une contre-visite ? Ensuite, nous prendrons rendez-vous pour connaître les conditions de la location si la propriétaire est d'accord. Le notaire sent le jeune homme captivé. Il lui propose rapidement une date pour la semaine suivante.

— Je dois appeler la cliente, je vous confirmerai cette date par SMS.

— Merci, j'attends votre réponse.

A dix-sept heures William est devant les portes du lycée, il attend Noémie. Elle l'aperçoit et lui fait un signe de la main en pressant le pas. S'il est là c'est que la ferme lui a plu. Elle le connaît par cœur. Elle lui fait un bisou et attend qu'il se décide à parler. Il sort son portable et lui montre les photos et les vidéos. William lui commente les images, lui montre ce qu'il serait possible de faire.

— On pourra réaliser nous-mêmes quelques travaux de rafraîchissement ;

Tout en parlant il lui explique les idées qu'il a pour rajeunir les lieux. Elle l'écoute, pour le moment tout lui convient. Il poursuit en lui montrant une vidéo des bâtiments ;

— Je prendrai l'écurie pour faire la chèvrerie et la création du laboratoire ; j'aurai le prêt à l'installation, il devrait suffire avec mes économies. Pour tes ânesses il y a cette grande remise, j'ai pensé qu'elle conviendrait parfaitement.

Noémie acquiesce, elle est sous le charme, les photos et les vidéos lui donnent un bon aperçu de la ferme et ce qu'elle voit la ravi. Il lui raconte aussi sa rencontre avec le voisin et l'expansion possible de l'exploitation grâce à la location des terrains de l'agriculteur à la retraite. Noémie est contente. La ferme correspond en tout point à ce qu'ils recherchaient. Elle aussi est surexcitée, leur projet se précise et l'emplacement porte enfin le nom d'un village, ce sera « Pinay ». Ils décident d'aller le samedi matin voir la commune et ses environs. William connaît déjà un peu les lieux, surtout Saint-Jodard qui se situe à quelques kilomètres. Ce village est dotée d'une gare qui dessert les localités alentours : Roanne, Montrond les Bains, Feurs, etc....C'est un atout très important.

*

Le vendredi, William reçoit la réponse de Maître Rambaut par SMS sur son téléphone. Sa cliente peut avancer le rendez-vous au dimanche si cela lui convient.

— Vous pourrez venir avec votre amie, c'est peut-être mieux pour vous, lui écrit-il.

— Oui effectivement, elle aussi est concernée, de plus nous avions prévu d'aller sur Pinay et les environs ce week-end, donc cela tombe très bien. Merci.

William transmet le message du notaire à Noémie. Elle décide de remettre leur visite de Pinay et ses environs à dimanche après la visite et, samedi elle avancera ses devoirs. Elle doit encore se concentrer sur ses études et l'examen qui l'attend.

Le samedi William ira avec ses parents, eux aussi sont curieux de voir la ferme. Ils ne pourront pas entrer mais ils auront un bon aperçu de l'extérieur.

Quand ils descendent de voiture ils sont séduits par le lieu ; l'environnement est calme et apaisant. Ils aperçoivent les bâtiments qui sont visiblement en bon état. Son père est rassuré. William et Noémie sont très jeunes, il souhaite qu'ils démarrent leurs activités dans de bonnes conditions. Ils font le tour des terrains et repartent tranquillisés. Il y a quelques travaux à prévoir dans l'habitat, selon William, mais rien de très important.

— Demain nous serons fixés, j'ai hâte d'emménager maintenant que j'ai enfin trouvé ce que je cherchais. Je suis sûr que Noémie va l'aimer aussi. Avec les photos et les vidéos que je lui ai montrées, elle était déjà très emballée.

Le lendemain comme prévu William et Noémie sont au rendez-vous. Impatients, ils sont arrivés en avance. Noémie est ravie, même de l'extérieur, tout lui plaît.

Une voiture arrive et ralentit, une femme aux cheveux blancs est au volant. Elle descend et se présente, c'est la propriétaire. Elle est très élégante. Elle leur explique qu'elle représentera sa mère pour les transactions. Celle-ci est sous tutelle. Elle a la maladie Alzheimer. Malheureusement, il y a peu de chance qu'ils la rencontrent, elle vit dans un EHPAD[3] sur Lyon.

— Nous allons commencer la visite, vous m'expliquerez votre projet en même temps. Ma mère avait votre âge quand elle s'est installée ici. Elle adorait cet endroit.

— Elle élevait aussi des chèvres je crois ? Lui répond William.

— Oui mais pas seulement. Elle avait aussi un verger, des ruches, un potager. Elle allait au marché à Neulise pour vendre ses productions. Je crois qu'elle adorait cette vie. Aujourd'hui je pense que la surface serait insuffisante pour en vivre, mais à l'époque c'était différent.

---
3   Établissement d'hébergement pour personnes âgées dépendantes.

Ils passent de pièces en pièces, Noémie est conquise. William quant à lui voudrait savoir pourquoi Faustine est partie. Il brûle d'envie de lui poser des questions, mais ce ne serait pas correct, ils ne se connaissent pas assez. Il préfère se taire, un jour peut-être il percera ce mystère. En arrivant dans la buanderie Josiane leur explique que des anciens locataires ont réduit une partie de l'écurie pour créer cette pièce.

— Vous avez eu plusieurs locataires ? Lui demande William.

— Oui ma mère en a eu plusieurs, je ne les ai pas tous connus.

Ils restent deux heures ensemble, elle leur raconte ce dont elle se rappelle. Elle avait cinq ans quand elle est partie. Sa mère l'avait mise en fermage depuis leur départ. De temps en temps elle passait devant quand elles se promenaient avec la voisine et leurs enfants. Contrairement à sa mère elle n'a aucune attache avec le bien. Elle explique qu'elle le garde pour lui faire plaisir mais à sa mort elle vendra. Sa vie est à Lyon.

— Quand je suis venu l'autre jour j'ai rencontré le voisin de la ferme en bas, Julien. Il vous connaît je crois ?

— Oui très bien, c'est un ami.

— Il m'a présenté un agriculteur à la retraite qui va louer ses terrains, ceux qui sont mitoyens avec les prés du haut. D'un geste de la main il montre à Josiane les parcelles concernées et la maison du voisin.

— Nous aurons besoin de plus de surface et il veut bien nous les réserver si vous acceptez notre dossier. Josiane les a longuement écoutés. William lui a expliqué ses idées pour moderniser le lieu. Effectivement il a raison, cette maison retrouvera une jeunesse entre leurs mains.

Elle n'a pas mis longtemps pour prendre sa décision. Ces jeunes lui plaisent, elle a un bon feeling. En revenant vers leurs voitures respectives elle leur annonce qu'elle se fera un plaisir de signer un contrat avec eux.

Elle contactera le notaire lundi pour lui demander de préparer le bail avec promesse de vente à la mort de sa mère. Elle ne veut pas un gros loyer, ce qui l'intéresse c'est que les bâtiments soient entretenus et que la ferme vive.

Ils sont émus, Noémie verse une larme qu'elle essuie discrètement mais Josiane l'a vue et elle est très touchée, elle essayera d'en parler à sa mère, de temps en temps elle refait surface, sa mémoire revient mais c'est de plus en plus rare.

*

Au mois d'avril, après de longues procédures administratives auprès de la SAFER, et de démarches auprès de la banque pour l'obtention du prêt à l'installation, c'est enfin la signature du bail.

Le jour de l'emménagement arrive, leurs amis sont venus prêter mains fortes pour transporter les quelques meubles qu'ils ont achetés ou récupérés. Ils s'affairent pour tout rentrer, la pluie menace.

— Claire, peux-tu déposer ce carton dans l'écurie? C'est du matériel pour l'élevage, lui sollicite Noémie. Elle s'exécute et part vers l'écurie. Claire est la meilleure amie de Noémie, elles se connaissent depuis le collège ; elle ouvre la porte et pénètre dans le bâtiment, mais au milieu de la bâtisse elle est saisie d'un frisson qui lui parcourt le dos. Elle a du mal à rester et sort respirer dehors. Noémie chargée elle aussi de paquets s'approche et lui demande si elle est fatiguée.

— Non, non tout va bien, je me pose un peu.

Noémie la rejoint après avoir déposé son chargement. Visiblement elle n'a ressenti aucun malaise et Claire est rassurée. Depuis toujours elle perçoit des phénomènes que les autres ne sentent pas, c'est dû à sa grande sensibilité. Elle a développé un don de médium qu'elle n'exploite pas, c'est plutôt un fardeau pour elle. Inutile d'inquiéter son amie, elle verra plus tard si des choses se passent et confirment son pressentiment. Elles retournent dans la maison où tous les invités se sont regroupés autour d'un verre. Elle décide de faire le tour des lieux toute seule ; elle s'éclipse discrètement et passe de pièces en pièces. Tout va bien dans la maison, elle ressent seulement de la tristesse dans la chambre du bas. Il ne reste plus que la buanderie. Elle rentre, et est immédiatement prise de vertige. Elle doit se tenir au mur. Elle sort. Il s'est passé quelque chose ici mais quoi ? Elle chasse cette sensation et rejoint les autres.

Elle écoute ses amis parler de leur projet. C'est bon de voir la réussite des personnes que l'on aime. Tous espèrent trouver aussi les bâtiments qui pourront accueillir leurs futures entreprises. Claire veut se lancer dans une production de fleurs à couper. Elle a choisi les variétés qui pourront pousser à l'extérieur, mais elle souhaite créer une serre immense qui pourra accueillir des espèces plus fragiles. Elle adore les voir pousser, puis tout à coup fleurir, à chaque fois c'est un tableau magnifique. Elle a beaucoup réfléchi à son projet et elle a prévu de ne pas s'éloigner de Roanne ; avec la vente de ses fleurs destinées aux professionnels elle proposera aussi de magnifiques compositions et également des plans à repiquer pour les jardins des citadins. Comme Noémie il lui reste un an pour finir son cursus et elle a hâte de le terminer.

Elle habite Roanne, une petite ville longée par la Loire, un fleuve majestueux et sauvage. Un canal aménagé relie Roanne à Digoin. A une époque il servait de voie de transport. Aujourd'hui il sert à la navigation de plaisance.

Roanne est une ville bien achalandée et agréable. Claire compte s'installer pas très loin, dans la campagne avoisinante. Elle la parcourt régulièrement et regarde les annonces immobilières. Elle envie ses amis, cette location est vraiment une chance pour démarrer.

Ils terminent la journée autour d'un barbecue, la pluie s'est arrêtée. Ils peuvent profiter de la soirée dehors auprès du feu. Puis chacun repart laissant William et Noémie pour leur première nuit dans leur nouvelle maison.

*

Deux mois plus tard, William a constitué son troupeau, arraché les arbres trop vieux. Il commence à faire les marchés sur Neulise et Roanne pour vendre ses productions de fromages. Il a dû mettre les bâtiments aux normes et faire un laboratoire. Heureusement les artisans ont répondu présents très rapidement. La chèvrerie n'est pas tout à fait terminée à son goût mais le laboratoire est opérationnel. C'était la condition essentielle pour démarrer son activité. Josiane lui a dit d'en transmettre le décompte au notaire. Une grande partie des factures des travaux seront déduites lors de la vente. Cela les a beaucoup rassurés. Ils ne croulent pas sous l'or.

Noémie a passé son examen, elle attend ses résultats. Elle n'est pas vraiment inquiète, les épreuves se sont bien passées. Elle va pouvoir commencer son cheptel d'ânesses. L'agricultrice qui la forme lui propose une petite femelle qui est née cette année. Ils doivent aller la voir ce samedi après-midi et peut-être la ramener. Ils s'affairent pour préparer un box dans la remise. Petit à petit elle en fera son écurie. Plus tard, elle prévoit également de faire une boutique attenante. Elle en a déjà dessiné les plans, les idées fusent dans sa tête. Elle aussi se projette. Elle envisage d'organiser des visites de la ferme aux particuliers et de présenter ses produits transformés lors de celles-ci.

De temps en temps Julien vient les voir pour leur donner un coup de main. Aujourd'hui il leur apporte une botte de paille et de foin pour la future locataire.

— Pose-les là, je m'en occuperai tout à l'heure, lui dit Noémie.

— Viens boire un verre, lui propose William.

Ils discutent un moment avec William et Noémie, puis Julien prend congé.

*

L'arrivée de ses nouveaux voisins le replonge parfois dans son enfance. Il se revoit jouer dans les prés avec sa sœur Marie, son frère Philippe et Josiane la fille de la propriétaire. Jeanne, sa mère, et Faustine se voyaient presque tous les jours, puis il y a eu ce drame affreux, quand Pierre s'est pendu. C'est à la suite de cet évènement que Faustine est partie et ce départ a perturbé la vie de sa mère. Elle n'avait plus son amie pour l'épauler. Sa mère et son père étaient très amoureux, mais quelque chose de particulier unissait les deux femmes.

Elles s'échangeaient des courriers, il les a tous gardés. Un jour, par curiosité, il les a lus et un, en particulier, a retenu son attention. Il a compris qu'il s'est passé autre chose à la ferme pendant la guerre. Dans l'un deux Faustine lui parle d'un certain Sylvain et, d'une liste qu'elle a vue dans une gendarmerie ; elle explique que ce Sylvain est recherché pour être jugé ; elle rajoute en conclusion qu'ils ne sont pas près de le revoir. Dans le courrier, Faustine ne dit pas pourquoi ils ne pourront pas le retrouver. Ce mystère l'a longtemps intrigué, puis il avait oublié.

Sa mère rendait souvent visite à Faustine à Lyon. Elle revenait les bras pleins de paquets qu'elle avait achetés dans des boutiques de prestige. Il y en avait pour tous ; Marie explosait de joie, elle filait essayer ses nouvelles tenues. Cela faisait sourire son père, il savait que sa femme aimait les toilettes. Il aimait la voir se pavaner dans sa nouvelle robe. Puis elle la rangeait, elle ne convenait pas pour les travaux de la ferme. Elle pouvait quand même la mettre pour la messe et quand de temps en temps ils allaient au restaurant.

A soixante-dix ans sa mère a contracté un cancer. Ces souvenirs sont très pénibles, il avait préféré oublier. Faustine est venue la voir tous les dimanches pendant cinq ans. Elle a vu Jeanne perdre la vie lentement dans de grandes souffrances. Il sait que la perte de son amie l'a profondément affectée. Son père, Albert, est parti cinq ans après le décès de sa mère. Il n'avait plus le goût de continuer sans elle. Lui aussi a assisté à l'agonie de sa femme, un calvaire qu'il a dû surmonter. Ils reposent tous deux dans le cimetière de Pinay. Faustine vint souvent se recueillir sur leur tombe. Mais peu de temps après l'enterrement de son amie elle a montré des signes de perte de mémoire. Il est fort probable que c'est le choc de la perte de Jeanne qui ait déclenché l'altération de ses souvenirs. Petit à petit, elle a espacé ses visites, Josiane ne souhaitait plus qu'elle voyage toute seule. Six ans plus tard, le diagnostic fut posé, elle avait un début de maladie Alzheimer. Elle a pu rester avec Josiane dans l'appartement qu'elle occupait à Lyon ; puis son état s'est encore dégradé. Aujourd'hui, elle a besoin de soins importants et d'une surveillance adaptée. Josiane a dû la placer dans un EPHAD spécialisé, la mort dans l'âme.

Julien n'a jamais parlé à Josiane des courriers de sa mère ; cela lui paraissait peu important. Il sait son amie très abattue par l'état de Faustine. Il a lui-même dû faire face à la maladie de Jeanne mais à la différence de Josiane il était entouré d'une famille. Josiane est seule, elle n'a jamais eu que sa mère et, à sa connaissance, elle n'a pas eu de relation importante dans sa vie. Elle a partagé son temps entre Faustine et sa passion : elle consacre toute sa vie aux animaux qu'elle soigne même le dimanche si une urgence se présente. Son emploi du temps laisse peu de temps à une famille. Aujourd'hui, à la retraite, elle a encore beaucoup de travail. Elle aide une association de protection animale. Une à deux fois par semaine elle passe donner des soins et pratiquer des opérations gracieusement.

*

Noémie adore déjà la petite ânesse, elle passe une partie de la journée avec elle. Normalement une deuxième arrive prochainement. Elle devra attendre un peu pour produire du lait mais en attendant le travail ne manque pas. Elle aide William pour traire les chèvres. Il a perdu une bête, une de ses chèvres est morte sans raison. Cela l'a beaucoup touché, il les aime tellement. Depuis Noémie redouble d'attention pour le soutenir dans ses tâches, cela lui plaît beaucoup. Elle peut enfin se consacrer à leur passion commune. Cette année ils vont ramasser leurs premiers fruits, la récolte ne sera pas exceptionnelle, il a gelé au printemps et certains arbres ne produiront rien. Il en reste cependant assez pour la vente. Elle souhaite plus tard faire de la confiture bio et la proposer dans sa boutique. Elle s'est plongée dans les livres de recettes et recherche les meilleures alliances de goût, elle veut aussi surprendre par ses propres créations.

L'automne s'est installé et les jours ont raccourci. Le soir il fait froid dans la maison, ils ont allumé pour la première fois la cheminée le dernier dimanche d'octobre.

Jusqu'à présent ils étaient très peu à l'intérieur de la maison, ils profitaient des beaux jours pour s'activer à l'extérieur et dans la chèvrerie. Mais voilà, la pluie et un vent glacial se sont installés. Depuis ils profitent de l'intérieur de leur belle maison ; ils ont décidé de commencer les peintures pour la rendre plus à leur goût. Noémie a choisi un joli gris taupe et William consulte les sites pour trouver des meubles à restaurer. La maison se transforme peu à peu en un joli cocon. Le soir ils regardent un film sur leur écran télé, puis ils vont se coucher éreintés.

Noémie se lève et s'affaire dans la maison avant de rejoindre William, elle met ses lessives en route et elle remarque des choses qui l'interrogent. Notamment dans la buanderie, la lampe clignote, comme si elle allait s'éteindre puis plus rien. Au début elle n'y prêtait pas attention ; pressée par ses activités extérieures, elle ne restait pas longtemps dans cette pièce ; et puis, William l'avait rassurée.

— Rappelle-toi celle de l'écurie faisait aussi des siennes ; Depuis les travaux ces incidents se sont calmés. Seulement une ou deux fois en cinq mois, lui dit-t-il.

Mais William lui avait expliqué que l'électricité de celle-ci était vieille et à refaire alors que dans la maison l'électricité est neuve. Ce problème l'interpelle, il ne faudrait pas qu'un court-circuit mette le feu à la maison. Elle veut en avoir le cœur net et elle fait appel à un électricien. Il vérifie les installations mais il ne voit rien d'anormal dans la maison. Pour la chèvrerie, effectivement, son diagnostic est plus sévère, il y a une complication au niveau de l'alimentation qu'il faut résoudre rapidement. Elle le remercie pour l'évaluation des travaux et lui demande un devis. Elle parle à William du problème qu'il a trouvé. Il est content qu'il soit venu, heureusement que Noémie l'a consulté. Il aurait manqué plus que ça ! Qu'il y ait un danger dans le bâtiment qui vient tout juste d'être rénové. Noémie insiste pour la buanderie, il n'a rien vu et pourtant c'est bizarre ces lampes qui clignotent ; il lui dit de ne pas se tourmenter, il changera les ampoules.

Cela la rassure un peu mais pas longtemps. William comme prévu change les lampes mais les phénomènes se répètent. De plus, peu de temps après, la machine à laver toute neuve tombe en panne. Elle n'est pas peureuse, cependant elle aime bien comprendre ce qui se passe et là il y a un mystère. Est-ce vraiment une coïncidence ? Ce matin la réponse de William a fini de l'intriguer.

— Tu as changé les ampoules dans la buanderie et elles continuent de trembloter lui lance-t-elle avant de partir. Et Oh, en fait, n'oublie pas d'éteindre la télévision, hier soir elle est restée allumée, à tout à l'heure je te rejoins.

— Ah bon, lui répond-il avec un bout de tartine dans la bouche, je pensais vraiment l'avoir éteinte.

Décidemment pense-t-elle *cela fait beaucoup*. Elle n'est pas froussarde mais l'enchaînement de ces évènements la tourmente. Ils se produisent de plus en plus souvent et augmentent en intensité.

Noémie a vu des émissions sur les phénomènes paranormaux et avec Claire elles ont souvent échangé sur la question. Elle sait que parfois les maisons gardent la mémoire de faits qui se sont déroulés même des siècles auparavant. Serait-ce cela ? Aujourd'hui elle voit son amie et elle compte bien lui en parler. Claire a plusieurs ouvrages sur la question. Elle va lui demander si elle peut les lui prêter et demain elle se plongera dedans. Elle a besoin d'avoir rapidement une réponse même si elle n'est pas du domaine ordinaire. Ces perturbations la dérangent et elle souhaite y mettre fin.

Elle arrive à Roanne, elles se sont données rendez-vous au bord du canal. Elles le longent en regardant les péniches.

— Comment vas-tu ? Lui demande Claire, je suis contente de te voir.

— Bien et toi ? Tu en es où dans tes recherches, tu as une piste ?

— Oui, je visite deux biens avec la SAFER demain, sur les photos c'est pas mal, je t'en dirai plus la semaine prochaine.

— Super, sitôt que tu as arrêté ton choix j'irai avec toi pour la contre-visite.

— Bien sûr tu seras la première informée.

— Je voudrais te parler d'un truc qui me tourmente.

Depuis quelque temps, j'assiste à des phénomènes bizarres dans la maison. Il faut dire que maintenant nous y passons plus de temps.

— Tu peux m'en dire plus ?

— Oui, la lumière de la buanderie par exemple clignote sans raison, j'ai fait venir un électricien, tout est correct au niveau de l'installation ; la machine à laver toute neuve est tombée en panne et hier la télévision s'est rallumée toute seule.

— Ah, en fait tu ne m'étonnes pas. Je dois te faire une confidence. Effectivement j'ai ressenti des choses chez toi. A deux endroits : la chèvrerie et la buanderie. Dans la chambre du bas j'ai perçu un peu de tristesse mais sans plus. Je ne t'en ai pas parlé car parfois il n'y a que moi que cela perturbe, donc ça n'a pas d'incidence pour les autres.

— D'accord, et tu penses à quoi ?

— Il s'est forcément passé quelque chose à ces deux endroits mais quoi, je ne peux pas le savoir. Je connais une personne qui nettoie les maisons habitées.

— Habitées par quoi ?

— Souvent des entités qui ne sont pas parties.

— Tu me fais frémir. Je ne risque rien ?

— Un peu de fatigue, mais ça peut aller plus loin. Provoquer des maladies, mais aussi le décès de tes bêtes. Si tu veux, nous allons chez moi, je vais te donner les coordonnées de la personne que je connais.

— D'accord c'est gentil. Je lui dis quoi ?

— Tu lui racontes ce qu'il se passe, il va sans doute te poser des questions et te demander les plans de la maison.

— Très bien, merci, j'ai du mal à en parler à d'autres que toi, les gens risqueraient de me prendre pour une folle.

— C'est souvent le cas, ils préfèrent ne pas savoir. De plus cela ne sert à rien ils ne pourront rien pour toi.

Moi je te crois, je viendrai te voir ce week-end, tu me diras ce qu'il t'a dit.

Noémie repart très intriguée par le mystère qui entoure ces évènements. Elle a hâte d'appeler la personne indiquée par Claire mais avant elle doit en parler à William. Il est très terre-à-terre et visiblement moins sensible à ce qui se passe dans la maison ces derniers jours.

*

Le soir Noémie met William au courant de ses discussions avec Claire. Elle lui demande s'il veut bien faire intervenir une personne qui agit sur les énergies négatives. William est hésitant et moins réceptif que Noémie aux explications de Claire mais, si cela doit la rassurer, il est d'accord. Et puis il y a ce mystère qu'il n'a pas élucidé. Le départ brutal de la propriétaire pour Lyon. Peut-être qu'il aura un début d'explication. Quoi qu'il en soit il compte bien avoir une réponse à ce sujet la prochaine fois qu'il verra Josiane.

Noémie fait timidement le numéro sur son portable. Au bout de deux sonneries, un homme répond.

— Oui allo, la voix est calme, rassurante et, invite à la confidence.

— Bonjour, je m'appelle Noémie, j'ai eu vos coordonnées par Claire.

— Ah oui ! Comment va-t-elle ?

— Bien. Elle m'a recommandée de vous contacter car elle a eu des ressentis dans la maison que nous occupons et moi-même, actuellement, je perçois des phénomènes bizarres.

L'homme la laisse parler sans l'interrompre ; Il pense effectivement qu'il se passe quelque chose. Il lui propose ses services, lui indique ses tarifs, puis si ceux-ci lui conviennent il aura besoin de plus de précisions ; il lui demande de lui envoyer un plan de la maison et des terrains. Elle le remercie et raccroche. William rentre à cet instant, elle le met au courant.

— D'accord, faisons ça, de toutes façons je devais les faire, j'en aurai besoin pour les permis de construire quand nous attaquerons les rénovations.

Ils décident de s'y mettre tout de suite ; ils préparent tous les documents ensemble ; ils les scannent et les envoient. Il sent Noémie très anxieuse. Autant en finir le plus vite possible.

Deux jours plus tard le médium rappelle Noémie, effectivement il a vu le problème. Il a déjà fait un travail à distance, il souhaite venir voir si les entités sont définitivement parties. Il viendra demain si cela leur convient. Noémie appelle Claire, elle lui raconte tout et lui demande si elle pourra être là aussi. Elle a besoin de sa présence car cette affaire la dépasse. Claire viendra. Cela lui coûte mais elle n'en dit rien à Noémie, avec sa sensibilité elle ressent les choses au plus profond d'elle-même ; cela la fatigue et la perturbe longtemps. Elle ne s'y habitue pas, même avec les années mais pour son amie elle fera un effort.

Claire fait le tour avec Noémie avant que l'homme arrive. Son malaise est moins important. Dans l'écurie et la chambre elle ne ressent plus rien. Il reste cependant quelque chose dans la buanderie. L'homme arrive enfin, il n'a aucun instrument ce qui interpelle Noémie. Claire lui explique qu'il n'a besoin que d'un pendule. Il reste deux heures dans la maison pendant que Noémie et Claire vont voir la petite ânesse. Quand il ressort il est satisfait. Il pense que deux hommes sont morts : un dans l'écurie et un dans la buanderie : un s'est pendu pour l'autre il ne sait pas, seulement que la mort a été tragique à chaque fois. Il a fait intervenir les guides pour conduire les âmes dans le couloir de lumière. Les entités ne les embêteront plus. Noémie le remercie, elle est quand même un peu sceptique sur son explication et William encore plus.

— Rappelez-moi si vous constatez autre chose mais normalement tout devrait rentrer dans l'ordre.

Il prend congé et Noémie le remercie. Les deux amies discutent de tout ce qui vient de se passer. Claire rassure encore Noémie. Maintenant elle peut être tranquille, plus rien ne viendra les affecter.

Effectivement Noémie et William constatent de nettes améliorations dans la maison : les lumières de la buanderie ne clignotent plus, la télévision ne se rallume pas toute seule et ils se sentent bien maintenant à l'intérieur, comme apaisés. L'ambiance est plus détendue et l'hiver s'est passé sans aucun incident. Noémie revit, elle va pouvoir passer à autre chose.

*

Au printemps Julien appelle Josiane pour prendre de ses nouvelles, il y a longtemps qu'il n'en a pas eu. Il s'inquiète également de la santé de Faustine. Elle lui dit que sa mère plonge de plus en plus dans un autre monde. Elle la reconnaît de moins en moins souvent.

Josiane lui explique qu'en ce moment elle est débordée car elle a beaucoup de travail avec l'association. De plus en plus d'animaux sont abandonnés et ils les récupèrent dans des états déplorables. A chaque fois elle est bouleversée.

Julien et Josiane sont très proches mais Julien est parfois intimidé par la prestance de son amie.

— Et chez toi ? Toute la famille va bien ? Lui demande Josiane.

— Oui, nous aimerions t'inviter, si tu as des disponibilités, un dimanche qui te convient.

Josiane est ravie, elle aussi aime bien venir les voir de temps en temps et passer un moment avec eux. Elle en profitera pour voir ses locataires et se rendre compte si tout se passe bien pour eux. Julien quant à lui souhaite aborder le sujet de ce courrier qui le perturbe depuis qu'il l'a lu. Il verra s'il trouve un moment opportun pour le faire.

— Je suis assez prise mais fin mai si tu veux, je serais contente de passer une journée avec vous tous.

— Entendu, nous t'attendrons. Si tu veux je peux inviter les voisins pour le café ? Je sais que leur installation te tient à cœur.

— Avec plaisir, ensuite s'ils sont d'accord nous irons voir l'avancement des travaux, je suis curieuse de voir les nouveaux aménagements.

Julien raccroche satisfait. Dans l'après-midi il ira prévenir William de la visite de Josiane. Ils ont fixé une date pour le troisième dimanche du mois de mai. Il note la date sur son calendrier. Quand il monte chez ses voisins il aperçoit Noémie, il va à sa rencontre.

— Comment vas-tu aujourd'hui ?

— Très bien. Les travaux avancent à grands pas et bientôt nous pourrons profiter de tous ces nouveaux agencements.

Il lui annonce la visite de Josiane. Elle est ravie, elle aussi sera contente de la revoir et William veut lui montrer toutes les transformations qu'il a faites dans les bâtiments.

Josiane arrive chez Julien comme prévu, les bras chargés de spécialités lyonnaises. Pour l'occasion son ami a invité Philippe et Marie. Avec les conjoints et les enfants ils sont une bonne tablée. A quatorze heures William et Noémie arrivent. Josiane se lève et les salue chaleureusement.

— Bonjour, comment allez-vous ? S'empresse-t-elle.

— Très bien, merci et vous ?

— Un peu débordée entre mon activité et ma Maman, son état ne s'améliore pas. Et chez vous ? Vous êtes bien installés ?

— Oui tout s'enchaîne bien : les travaux, la constitution du cheptel de chèvres et maintenant celui des ânesses.

— Magnifique, est-ce que vous nous invitez à voir tout ça après le café ?

— Avec plaisir.

Les discussions vont bon train. Avec Josiane ils parlent longuement du passé puis le fils de Julien, Lionel prend la parole, il parle des soucis actuels de leur exploitation : de la sécheresse, des mauvaises récoltes dues à l'absence de pluie ce printemps, du manque de foin pour les animaux, des cours du lait qui ne cessent de dégringoler. Il est très remonté, leurs marges diminuent et leurs revenus aussi. Philippe sait que les choses ne sont pas faciles, il le constate au quotidien.

Pour détendre l'atmosphère il a sorti des photos et elles passent de mains en mains. William et Noémie découvrent Faustine et Jeanne, puis Pierre et Albert leurs maris respectifs. Il y a aussi quelques photos de l'anniversaire de Josiane avec tous les enfants. Ils évoquent le temps passé et les hommes s'esclaffent devant les photos du matériel agricole d'autrefois ; quant à Marie et Josiane elles pouffent en voyant leurs robes fleuries à grands volants. Les photos ramènent tellement d'heureux souvenirs.

Puis vers trois heures, ils profitent d'un rayon de soleil pour aller dehors. Ils passent devant une station d'épuration presque neuve.

— Un sacré investissement, dit Julien à William. Avant une fosse à purin suffisait. Mon père avait fait combler la nôtre avec des rochers et de la terre quand la station fut mise en route. Je me souviens que ma mère en avait fait tout un esclandre. Elle n'avait pas quitté des yeux les ouvriers et s'était enfin calmée quant tout avait été terminé. Parfois elle avait des réactions que seule son amie Faustine comprenait. J'ai appris beaucoup de choses sur leur relation grâce aux courriers qu'elles échangeaient.

Il se penche vers Josiane et lui dit tout bas :

— D'ailleurs une de ses lettres m'a intriguée, si tu as le temps nous en parlerons plus tard.

Ils arrivent à la ferme et vont directement voir les animaux.

— Quel bonheur de revoir ce lieu revivre après ce drame. Je ne suis jamais revenue ici sauf pour la visite avec vous.

— Quel drame ? Lui demande William ; la question a fusé, il n'a pas pu se retenir. Il espère ne pas avoir été trop direct.

— Mon père s'est pendu, j'avais cinq ans. Ma mère l'a trouvé là. C'est Albert, le père de Julien et Philippe qui s'est occupé de tout. Ma mère était dévastée. Je crois que mon père ne s'était jamais remis de son traumatisme de la guerre.

William regarde discrètement Noémie. L'homme qui est passé chez eux a vraiment un don ! Voilà l'explication pour l'homme décédé dans la chèvrerie.

— Je suis désolé, lui répond William.

— C'est très vieux et je n'en ai pas trop souffert. Ma mère a su trouver les mots pour m'épargner. Ensuite nous sommes partis pour Lyon. Elle est restée seule, elle n'a jamais refait sa vie. Moi je me suis parfaitement adaptée à cette existence très citadine. A cinq ans je ne me suis pas rendue compte de tout ce qui se passait. Elle se tourne vers Philippe,

— Quand je pense que nos mères rêvaient de nous marier, s'exclame-t-elle en rigolant.

— Et pourquoi ris-tu ? J'aurais fait un excellent époux.

— Sûrement, mais je suis contente que tu aies rencontré ta femme. Vous êtes faits l'un pour l'autre.

Ils finissent la visite et William se tourne vers Josiane.

— Avez-vous eu connaissance d'un autre drame qui se serait passé même plusieurs années avant votre départ ?

— Non, pourquoi cette question ?

William décide de lui parler.

— Une amie de ma femme est médium. Elle avait ressenti quelque chose dans la chèvrerie quand nous avions emménagé mais également dans la buanderie. Vous venez de nous donner une explication : votre Papa s'est pendu, son ami l'avait vu – mais, une autre personne est morte tragiquement dans la maison. C'est peut-être très ancien.

— Je ne sais vraiment pas, mais ma mère était très secrète. La seule personne qui aurait pu vous renseigner est sa meilleure amie Jeanne, mais elle est décédée. Et aujourd'hui je pense qu'il sera impossible d'avoir des réponses, ma mère est vraiment au plus mal. J'espère que ces évènements ne perturbent pas votre vie.

— Pour dire la vérité, nous avons fait intervenir quelqu'un, un spécialiste. Il a nettoyé la maison. Aujourd'hui tout va bien.

— Très bien. Je commence à comprendre pourquoi les différents locataires ne restaient pas. Ils n'en n'ont jamais parlé.

— Ce n'est pas facile, peu de personne sont réceptives à ce genre d'échanges. Mais aujourd'hui la parole s'est un peu libérée à ce sujet. Moi-même j'étais sceptique, si Noémie n'avait pas été aussi angoissée, je n'aurais rien fait. Mais je dois reconnaître qu'elle avait raison.

Josiane promet de se renseigner sur le sujet, sa mère a entretenu des courriers avec Jeanne, peut-être trouvera-t-elle une réponse. Ils prennent congé. En arrivant Julien sort les courriers en question. Il lui montre celui qui l'intrigue. Elle le lit et dit :

— Oui c'est étrange, si on regarde la date ta mère avait trente-cinq ans ; elle parle de la période de la guerre. Elles étaient bien seules sans les hommes. Elles ont pu voir des choses horribles et à qui les confier ? Elles devaient se débrouiller toutes seules.

— Il faudrait que je trouve celle de Faustine et nous pourrons peut-être comprendre ; cependant est-ce souhaitable de déterrer des souvenirs qui peuvent parfois être lourds de conséquences.

— Oui tu as raison, je te laisse juge, il n'y a peut-être rien de grave après tout.

— Demain je vais voir ma mère, j'essayerai de faire ressurgir quelques souvenirs. Si je vois que c'est trop douloureux, je laisserais tomber.

Ils discutent encore un long moment puis Josiane prend congé. En chemin elle repense à William et Noémie, elle est vraiment contente du travail accompli par ces deux jeunes. Demain elle expliquera tout ça à sa mère. Sa ferme est son sujet favori, elle aimera la savoir entre de bonnes mains, elle voudra sûrement la voir, j'ai bien fait de prendre quelques photos.

*

L'infirmière a appelé Josiane, aujourd'hui Faustine est bien, vous pouvez venir la voir si vous voulez. Elle est montée dans sa voiture, heureuse de pouvoir encore une fois entrer en contact avec elle. Elle traverse le parc, tape le code pour pénétrer dans le bâtiment puis elle entre dans sa chambre sans frapper, elle est près de la fenêtre.

— Bonjour Maman, c'est Josiane.

Faustine se retourne et sourit. Elle l'a reconnue. Josiane s'avance vers elle, embrasse sa mère et lui prend les mains. Faustine répond en serrant ses doigts. Josiane parle de banalités : sa coiffure qui lui va bien, le temps qui est clément aujourd'hui pour faire une promenade. Elle ne pense plus à sa conversation avec Julien. Elle veut juste profiter de l'instant, elle sait qu'un rien peut la faire repartir dans son monde. Elles s'assoient pour manger un gâteau que Josiane a amené, un praliné. Elle sait ce qui la rend heureuse. Faustine regarde de vieilles photos accrochées au mur. Tout en dégustant le gâteau, Josiane lui parle de sa ferme, calmement elle décrit ses nouveaux locataires. Elle doit choisir ses mots, éviter une parole qui pourrait l'irriter. Elle lui dit qu'ils sont jeunes comme elle quand elle avait emménagé. Elle écoute et semble comprendre. Josiane veut qu'elle sache qu'enfin sa ferme va revivre. Elle lui montre les photos qu'elle a prises.

— Ces nouveaux locataires aiment ta maison, la jeune femme a pleuré d'émotion quand je leur ai donné mon accord, tu les aimerais.

Elle lui dit qu'ils vont être heureux. Ils ont fait des travaux, sa ferme est à nouveau belle, les bâtiments abritent un cheptel de chèvres blanches.

— Des chèvres blanches ?

— Oui, Ils élèvent des chèvres, comme toi. William fait des fromages et les vend au marché.

Sur une photo elle lui montre Faustine avec son troupeau, elle date d'après-guerre.

— Jessy, ma Jessy.

Effectivement sur la photo, Jessy est en arrière-plan, pas loin de sa maîtresse.

— Oui, c'était une brave chienne, tu te souviens comme elle a fait fuir le voleur.

Faustine ne réagit pas à cette phrase. Elle est restée bloquée sur l'époque de la photo. Lui parler de l'aménagement de sa ferme l'a ramenée plusieurs années en arrière quand elle aussi était jeune. Elle revoit cette époque. Elle raconte brièvement quelques anecdotes : la naissance de Julien pendant la guerre, ses visites à Jeanne, son amie, la vie sans leurs hommes. Josiane écoute, elle connaît déjà toutes ces difficultés. Jeanne et Faustine en parlaient quand elles se voyaient. Mais soudain Faustine s'exclame presque furieuse :

— Jessy m'a sauvée. C'est bien fait. Tout en parlant elle s'excite et fait de grands gestes.

Visiblement Faustine revit un souvenir qu'elle ne connaît pas. La maladie a fait tomber des filtres, elle donne tout, dans le désordre mais néanmoins elle raconte des choses que Josiane ignore.

— Il méritait de mourir. On ne le retrouvera plus.

Josiane attend un peu qu'elle se calme et ose une question.

— Qui est mort Maman ?

Elle la regarde étonnée puis répond,

— Sylvain, Jessy l'a attaqué, il est mort, plus rien à faire.

Josiane est scotchée, jamais elle n'avait parlé d'un Sylvain ; c'est l'homme dont elle parle dans le courrier.

— Il était méchant ? Pourquoi ? Que t'a-t-il fait ?

De nouveau elle ne répond pas aux questions. Ses yeux sont fixes et son regard lointain, elle regarde quelque chose que Josiane ne voit pas, et plus précisément ce qui s'est passé ce jour-là ; ses discours sont décousus, elle la laisse raconter son histoire dans le désordre. Impossible de la faire revenir pour le moment.

— Il est mort, c'est bien fait. Jessy m'a sauvée. Personne ne le trouvera, c'est un secret.

Josiane accuse le coup. Elle ne dit rien. De toute façon elle ne maîtrise pas la conversation, elle peut juste écouter et essayer de reconstituer le puzzle. La contrarier serait la perdre à nouveau. Faustine se met à bercer un bébé imaginaire.

— Mon bébé, je l'ai perdu. Il l'a tué. C'est sa faute.

A ces mots Josiane est pétrifiée, elle comprend que quelque chose d'horrible s'est passé pendant la guerre. Elle sait maintenant que les deux femmes ont dû gérer une tragédie. Mais pourquoi n'ont-elles pas averti les gendarmes ? Josiane doit découvrir qui était ce Sylvain. Il était recherché, elle pourrait commencer par ça. Faustine se calme doucement comme si le bercement l'avait apaisée. Elle sourit à nouveau, elle est revenue à notre époque. Josiane lui parle de son jardin, de ses arbres qu'elle avait plantés dans leur maison de Lyon. Elles font une petite promenade puis Faustine montre des signes de fatigue. Elle doit la laisser se reposer. Elle sait que la fin est proche. Les médecins l'on prévenue que son cœur faiblit et s'arrête de plus en plus longtemps.

Josiane rentre chez elle épuisée par ce trop plein d'émotions. Elle ne s'attendait pas à faire revenir autant de souvenirs. Demain elle cherchera les courriers de sa mère mais aujourd'hui elle a besoin d'un bon bain pour se détendre. Ses vieilles histoires sont restées cachées si longtemps, elles pourront attendre encore un peu.

Le lendemain Josiane sort les lettres de Faustine. Elles sont bien rangées dans une jolie boîte en bois décorée de motifs en nacre. Elle les ouvre et les lit, à travers les mots, on sent tout l'amour que ces deux femmes se portaient. Elle trouve enfin celle qu'elle recherche. Faustine raconte l'arrestation du mari de Madame Robert par trois hommes en uniforme. Elle décrit l'un d'eux qui ressemble à Sylvain. Elle raconte la longue liste qu'elle a consultée à la gendarmerie et son doute vite transformé en certitude. Elle lui dit que son nom figurait bien dessus et il est effectivement recherché pour être jugé de crimes commis pendant la guerre.

Josiane appelle Julien, elle lui raconte toutes les assertions de sa mère :

— Bonjour Julien, j'ai pu voir ma mère hier. Elle était bien et en lui annonçant la nouvelle vie de ces jeunes dans sa ferme, j'ai ranimé une partie de sa mémoire très enfouie, un évènement qui s'était passé pendant la guerre. Elle a déroulé toute son histoire et ses propos m'ont glacé le sang.

— Tu peux m'en dire plus ?

— Ce Sylvain était un collabo qui a commis des crimes pendant la guerre. J'en ai eu la confirmation en lisant ensuite sa missive. J'ai compris que Faustine a subi une agression, que Jessy, tu sais notre chienne ? L'a défendue et que Faustine a perdu un enfant. Un vrai traumatisme que les deux amies ont dû gérer sans pouvoir se confier à leurs maris. Elles étaient seules. Par contre aucune idée quant à ce qu'il est devenu. Là-dessus elle n'a rien lâché.

— Je vais me renseigner auprès des anciens, l'un d'eux pourra sûrement m'en dire plus. Lui dit Julien.

— D'accord, pourquoi pas.

Une semaine plus tard Julien rencontre un ami de son père, il est très âgé mais il a encore toute sa tête.

Julien l'invite à boire un verre au bistro du coin et il le questionne sur ces années de guerre.

Il y a longtemps que personne ne s'intéresse à cette époque et le vieil homme est heureux d'en parler avec quelqu'un.

— J'ai entendu parler d'un individu peu recommandable, un dénommé Sylvain, tu l'as connu ?

— Oui, bien sûr, tout le monde le connaissait. C'était un homme méprisable, il a collaboré avec l'ennemi. J'ai perdu un ami par sa faute. Mon ami aidait les maquisards et ce Sylvain l'a dénoncé. Il a été arrêté et je ne l'ai jamais revu. Si j'avais pu le tenir entre mes mains à la libération, je n'aurais pas donné cher de sa vie.

— Tu sais ce qu'est devenu ce Sylvain ?

— Il est parti pour Lyon, ce fut un bon débarras. Personne ne l'a regretté.

— Il n'est jamais revenu même pour un week-end ?

— Non personne ne l'a revu dans les environs. Pourquoi me poses-tu toutes ces questions après tout ce temps ?

— Je pense que ma mère et Faustine ont été importunées par cet individu, elles en parlent dans un de leurs courriers.

— C'est possible, plusieurs femmes se sont plaintes de son comportement avec elles. Tu sais avec toutes les personnes qui le détestaient il est possible qu'il repose dans un trou quelque part ! Si tu veux mon avis laisse-le où il est. Il n'est jamais bon de déterrer certains souvenirs.

Julien repart pensif. C'est vrai, son voisin a raison. Il n'a pas l'intention d'en savoir plus maintenant. Cela ne servirait à rien. Sa mère est morte et Faustine ne va pas tarder à la rejoindre.

Il rappelle Josiane pour lui dire ce qu'il sait, c'est-à-dire pas grand-chose qu'ils ne savent déjà. Il sera difficile d'en savoir plus maintenant. D'ailleurs, plusieurs jours plus tard, Josiane lui envoie un SMS : Sa mère est décédée dans son sommeil, elle a rejoint son amie.

Elle fut enterrée à Neulise, avec Pierre et les parents de Faustine.

Josiane alla plusieurs fois rendre visite aux locataires de la ferme. Elle souhaitait savoir si tout allait bien pour eux. Elle constata un changement positif. Dès que l'on passait la porte on ressentait tout cet amour que ces jeunes avaient l'un pour l'autre. Sans doute le même que ses parents quand ils avaient franchi le seuil de la maison pour la première fois. Même la nature semblait complice de cette résurrection. Comme si après de longues périodes malheureuses elle se réveillait et donnait tout ce qu'elle pouvait : La récolte fut fructueuse, les chèvres eurent de petites chevrettes, les poules donnèrent des œufs plus qu'il ne leur en fallut. William a installé sa première ruche dans le verger et les abeilles s'en donnent à cœur joie. Tout a repris sa place initiale.

Après quelques mois nécessaires pour les démarches administratives, la vente de la ferme fut finalisée. Faustine peut reposer en paix sa ferme va retrouver sa prospérité.

William et Noémie envisagent aujourd'hui d'avoir leur premier enfant. Mais avant ils vont réaliser des travaux d'aménagement pour rendre l'habitat plus conformes à la vie actuelle.

Pendant ce temps les recherches de Claire ont porté ses fruits, elle a trouvé un petit coin de paradis. Elle appelle Noémie. Elle lui apprend la bonne nouvelle et lui dis en deux mots tout ce qui lui plaît dans la maison et ses extérieurs.

— Tu peux te libérer cette après-midi ? Je fais une contre-visite avec l'agence, je pense vraiment avoir trouvé ce que je recherchais.

— Bien sûr, elle se trouve sur quelle commune ?

— Riorges c'est un plateau qui se situe au centre de plusieurs communes importantes très urbanisées ; c'est nécessaire pour mon développement futur. Je pourrai vendre aux commerçants mais également aux particuliers. Il y a énormément de pavillons individuels. Je pourrai proposer tout un panel de fleurs à repiquer au printemps et à l'automne. Je m'y vois déjà.

Noémie est contente, elles ne seront pas loin. Elle envisageait mal de ne plus voir son amie régulièrement. Elles se rendent toutes les deux au rendez-vous. Noémie est sous le charme, la maison ressemble tellement à son amie. Elle est moderne et déjà tout aménagée. Elle n'a pas de travaux à prévoir. Elles vont ensuite voir les terrains qui jouxtent la maison. Ils sont plats et deux puits, avec un bon débit, alimentent la propriété. Tout correspond à sa recherche. Claire cherche dans le regard de son amie son approbation. Noémie la regarde avec des étoiles dans les yeux.

— J'espère que tu as fait une offre ?

— Non, je voulais ton avis.

— Dépêche-toi de prendre une feuille et un stylo.

— J'ai tout ce qu'il faut, intervient la vendeuse. Vous n'avez qu'à inscrire votre proposition et à signer. Je la transmets dans la journée à la propriétaire.

Claire prend la feuille, fébrile. Elle fait une offre au prix proposé, elle ne veut pas prendre le risque qu'elle lui échappe. Cette maison a tous les critères qu'elle recherche depuis plusieurs mois. Elles font des photos pour les montrer à William. Arrivées chez Noémie elles débouchent la bouteille de champagne.

— On arrose quoi ? demande William.

— La maison de Claire, elle est magnifique, tu vas aimer. Répond Noémie.

Elles lui montrent les photos, en détaillant chaque pièce. Elles sont intarissables et tellement excitées. Effectivement William approuve son amie surtout pour l'emplacement qui est très stratégique. Ils trinquent ensemble à leurs futures réussites ; Claire n'a plus qu'à trouver l'homme de sa vie, celui qui pourra l'accompagner dans son aventure. Elle voit déjà quelqu'un mais attend un peu pour l'annoncer à Noémie.

Maintenant les deux amies n'ont plus qu'à écrire leur histoire, nul doute qu'elle comportera un ou deux secrets ! Qui peut savoir?